**DIE GROSSEN
ROMANE**
Band 26

GEORGES SIMENON

Die Verbrechen meiner Freunde

ROMAN

Aus dem Französischen
von Helmut Kossodo

Mit einem Nachwort
von Daniel Kampa

HOFFMANN UND CAMPE

Die französische Originalausgabe erschien 1938 unter dem Titel
Les trois crimes de mes amis im Verlag Gallimard, Paris.
Die deutsche Erstausgabe erschien 1994 im
Diogenes Verlag, Zürich.

1. Auflage 2019
Copyright © by Georges Simenon Limited
GEORGES SIMENON ® Simenon.tm
All rights reserved
Copyright für die deutsche Übersetzung © 1994
by Diogenes Verlag AG, Zürich
Copyright für die deutschen Rechte © 2018
by Kampa Verlag AG, Zürich
Copyright für diese Ausgabe © 2019
by Hoffmann und Campe Verlag, Hamburg
www.hoffmann-und-campe.de
Umschlaggestaltung: Herr K | Jan Kermes, Leipzig
Umschlagmotiv: © Archive Photos / Getty Images
Satz: Dörlemann Satz, Lemförde
Gesetzt aus der Stempel Garamond
Druck und Bindung: GGP Media GmbH, Pößneck
Printed in Germany
ISBN 978-3-455-00709-1

**HOFFMANN
UND CAMPE**

Ein Unternehmen der
GANSKE VERLAGSGRUPPE

I

Es ist verwirrend! Ursprünglich – was sage ich? Jetzt eben noch, als ich meinen Titel schrieb – wollte ich meine Erzählung wie einen Roman beginnen lassen, mit dem Unterschied, dass er diesmal auf Tatsachen beruhen sollte.

Da entdeckte ich plötzlich, wie lebensfremd der Roman im Grunde ist, dass er das Leben nie wirklich wiedergeben kann, und zwar deshalb, weil er an einem Punkt anfängt und an einem anderen aufhört.

Hyacinthe Danse hat am 10. Mai 1933 seine Geliebte und seine Mutter umgebracht. Aber was war der eigentliche Anfang dieses Verbrechens? War es damals, als er in Lüttich die erste Nummer seiner Zeitschrift *La Nanesse* herausbrachte, deren Mitbegründer ich, trotz meiner noch nicht mal siebzehn Jahre, aufgrund eines unwahrscheinlichen Zufalls geworden war? Oder fing es da an, als wir in Begleitung Deblauwes durch die Straßen der Stadt schlenderten? War es nicht viel früher, während des Krieges, als uns die Mädchen hinter vorgehaltener Hand zuflüsterten, dass in einer gewissen Buchhandlung hinter verschlossenen Läden …?

Und Deblauwe? Wann fing er an, ein Mörder zu sein? Und der Fakir? Warum habe ich ausgerechnet gestern erfahren, dass er in einem Pariser Krankenhaus vor Armut, an der Trunksucht, an allen möglichen Krank-

heiten, Lastern und schändlichen Gebrechen einen jener Tode gestorben sei, die sich schon Tage im Voraus durch ihren Gestank ankündigen?

Warum? Wieso? Wo sollte ich anfangen, da es zwischen den drei Verbrechen, den fünf oder sechs Toten, den wenigen Überlebenden zeitlich und räumlich keine andere Verbindung gibt als mich?

Ich höre noch Danses hämmernde Stimme im Saal des Lütticher Schwurgerichts:

»Als ich vier Jahre alt war, hat mich meine Mutter mit aufs Land genommen, und da sah ich, wie der Bauer auf dem Hof eine Sau schlachtete; zuerst schlug er mit einem Hammer auf sie ein, und dann schlitzte er ihr mit einem Messer die Kehle auf ...«

Den vierjährigen Danse konnte ich nicht kennen, denn damals war ich noch nicht geboren. Und ich war auch nicht dabei, als er vierzig Jahre später in einem französischen Landhäuschen seine Mutter und seine Geliebte auf genau dieselbe Art abstach wie damals der Bauer die Sau.

Und wer vermöchte zu sagen, an welchem Tag der kleine K. mit seinen durchnässten Stiefeln beschloss, sich am Portal der Kirche von Saint-Pholien zu erhängen? Hatte ich ihn denn nicht wenige Stunden vorher, nachdem er sich alles aus dem Leibe gekotzt, bis zur Bewusstlosigkeit betrunken und immer noch sabbernd, auf meinem Rücken in sein Kabuff getragen?

Drei Verbrechen! Das ist schnell gesagt. Aber was war *vorher*?

Ich erinnere mich, dass ich damals täglich mindestens drei Romane verschlang, aber befriedigt haben sie mich

alle nicht. »Und dann?«, seufzte ich immer nach der letzten Seite. Warum hörte es plötzlich auf, obgleich die Personen der Handlung noch längst nicht tot waren? Warum beschloss der Autor einfach so, nach eigenem Gutdünken und ohne Grund, dass es von einem gegebenen Augenblick an nur noch eine leere Seite mit dem Namen des Druckers gab?

Heute ist es nicht mehr das Ende, das mich stört, sondern der Anfang. Mit welchem Recht werde ich plötzlich einen fünfunddreißigjährigen Deblauwe zeigen, als ob es ihn bis zu diesem Zeitpunkt nicht gegeben hätte? Und die andern, die ich auch nur eine gewisse Zeit ihres Lebens gekannt habe?

Und die Verbindung, von der ich eben sprach? … Eine Szene im Jahre 1915, an die ich mich erinnere … Eine andere, zwei Jahre später, als ich meine ersten langen Hosen bekam … Danse … Deblauwe … Dann der Fakir und der kleine K.

Ich ahnte nichts, dabei waren meine Freunde Mörder! Auch einige Jahre später ahnte ich nichts, als ich Kriminalromane zu schreiben begann, das heißt Geschichten von erfundenen Verbrechen, während jene, mit denen ich gelebt, dieselbe Luft geatmet, dieselben Freuden geteilt, dieselben Vergnügungen genossen und über dieselben Dinge diskutiert hatte, auf einmal richtige Morde begingen: der eine, indem er auf der Rue de Maubeuge durch die Tasche seines Regenmantels einen Mann niederknallte, der andere in Boullay, weit von dem Ort entfernt, wo er das Licht der Welt erblickt und gelebt hatte, umgeben von französischen Bauern, die ihm fremd waren, was ihn vielleicht dazu trieb,

nach Lüttich zurückzukehren, in den vertrauten Straßen herumzuirren und dann aus unmittelbarer Nähe das Magazin seines Revolvers auf einen Jesuitenpater abzufeuern, der früher sein und auch mein Beichtvater gewesen war.

Ist es nicht merkwürdig, dass ich just in dieser Zeit anfing, Kriminalromane zu schreiben, und mich bemühte, Verbrecher zu schildern?

Bei Lichte besehen und wenn man meine Bücher genau liest, vielleicht doch nicht so merkwürdig, denn in meinen Romanen beschreibe ich, kaum verbrämt, dieselben Schauplätze, dieselbe Atmosphäre, dieselben Seelenzustände, die die beiden dazu führten, dass sie ...

Die Verbrechen meiner Freunde ähneln den Verbrechen, die ich in meinen Büchern erzählt habe. Und nur weil sie wahr sind, weil ich die Täter kenne, kann ich unmöglich schreiben: »Er hat getötet, weil ...«

Weil nichts es erklärt! Weil alles es erklärt! Zuweilen glaube ich, alles zu verstehen, und meine, in wenigen Worten ...

Doch im nächsten Moment löst sich die schon fast greifbare Wahrheit in Luft auf, und ich sehe wieder einen ganz anderen Deblauwe vor mir, und einen Danse, wie er lächelnd und schmerbäuchig dasteht, höre ihn reden ... Oder dann stößt mir der muffige Geruch des Fakirs wieder auf, und ich sehe mich unter den blau getarnten Laternen der Kriegszeit in den Straßen umherirren.

Es ist unmöglich, die Wahrheit ordentlich und klar zu erzählen: Sie wirkt immer unwahrscheinlicher als ein Roman.

Man müsste sich fast die ganze deutsche Besatzungszeit in Erinnerung rufen, denn ich denke, dass sie die jungen Leute damals ebenso geprägt hat wie die Inflation einige Jahre drauf eine ganze Generation von Deutschen.

Aber gleich wie die Inflation lässt sich die Besatzungszeit nicht erzählen. Denn da geht es nicht um Tatsachen: Es ist eine gewisse Atmosphäre, der Kasernengeruch in den Straßen, die Tupfen der fremden Uniformen in der Menge; es sind die Markscheine, die die Francs in der Tasche ersetzen, es ist die alles verdrängende Sorge um das Essen, die fremdartige Musik, die fahrbaren Feldküchen auf den Gehsteigen; es ist auch die neue Angewohnheit des Auges, nach Maueranschlägen mit den ständig wechselnden Ausgangssperren und Zuckerrationen Ausschau zu halten, oder nach Aufrufen an alle Männer über achtzehn, sich allwöchentlich bei der Kommandantur zu melden, oder nach einem roten Plakat mit den Namen weiterer erschossener Zivilisten …

Natürlich geht das Leben weiter, hat man pünktlich auf dem Gymnasium zu sein, die Schularbeiten zu machen, doch in der Pause redet man über einen Mitschüler, dessen Vater Butter an die Deutschen verkauft, oder über einen anderen, dessen Mutter mit einem Ulanenoffizier gesehen wurde.

Was einen dreizehnjährigen Jungen beschäftigt, ist immer das Gleiche, nur dass bei uns noch ein paar Dinge hinzukamen. Zum Beispiel flüsterte ein Schüler der fünften Klasse auf der Treppe:

»Mein Vater hat zehn Kilo Weizen auf einem Bauernhof ergattert. Als er damit in die Stadt zurückkehrte, wurde er beinahe erwischt …«

Oder:

»Die Franzosen haben eine Schlacht gewonnen. Meine Eltern haben es von jemandem gehört, der über die holländische Grenze kam und eine Zeitung mitgebracht hat ...«

Doch natürlich ist vor allem von den Mädchen der Schule nebenan die Rede, von gewissen Dingen, von denen die einen nichts wissen und die andere zu kennen und sogar vollbracht zu haben behaupten und die eine ganze Klasse einen Monat lang dank einem vergilbten und abgegriffenen Foto, auf dem man genau sieht, wie es gemacht wird, in helle Aufregung versetzen. Die zu Abertausenden durch die Stadt marschierenden Soldaten, auf dem Weg zur Front oder zurück, sind wild darauf, und die Plakate an den Mauern sagen es unverblümt: »Jede Frau, die mit einem Soldaten Verkehr hat, ohne sich vorher der Kontrolluntersuchung zu stellen ...«

Es gibt auch Einzelheiten bezüglich der Vorsichtsmaßnahmen. Die Straßen sind dunkel. Aus Angst vor Fliegerangriffen sind die Schaufenster nicht erleuchtet, und das Licht der Gaslaternen hinter einer dicken Schicht blauer Farbe ist nur ein schwacher Schimmer.

Die Rue Féronstrée ist eine enge und belebte Straße, in der die Straßenbahnen mit ohrenbetäubendem Lärm dicht an den zu schmalen Gehsteigen vorbeirattern.

In dieser Straße befand sich eine antiquarische Buchhandlung, in der ich gewöhnlich meine Schulbücher kaufte und wieder verkaufte. Sie nahmen, nach Schulen geordnet, ein ganzes Schaufenster ein. Die unseren waren von Jesuiten verfasst: Im Schaufenster daneben

lagen Bücher mit bunten Einbänden aus, vor denen wir aus Angst vor dem spöttischen Lächeln eines Passanten nicht stehen zu bleiben wagten.

Denn wenn Hyacinthe Danse auch die meisten Schüler des Gymnasiums belieferte, so war er außerdem ein Spezialist der sogenannten galanten Literatur, und ich erinnere mich, wie außer mir ich war, als ich ganz hinten in seinem Laden ein Regal entdeckte, das mit »Flagellation« überschrieben war.

Der Buchhändler war ein ungeheuer dicker Mann, der seine hundertdreißig Kilo wog und dessen rosiges Gesicht stets fröhlich lächelte. Er war einer, der einem das Handbuch für Literatur von R. P. Verrest am Montag für zwei Mark abkaufen und am Donnerstag für sechs Mark wieder verkaufen konnte, alles mit einem Grinsen und einem freundlichen Klaps auf die Schulter.

Einmal, ich war dreizehn oder vierzehn und wohl wieder einmal blank, entschloss ich mich, ihm drei Bücher zu verkaufen, die mir ein Freund geschenkt hatte; es waren drei prächtig gebundene Bände der Werke von Victor Hugo, die, wie das Lexikon mir bestätigte, zur Erstausgabe gehörten.

Ich sehe Danse noch vor mir, wie er sie befingerte, während ich ihm gegenüberstand und hoffte, ihn mir einen sagenhaften Preis anbieten zu hören.

Ich sehe ihn die Bücher auf den Ladentisch stellen und ein schmieriges Portemonnaie voller kleiner Markscheine aus der Tasche ziehen.

»Wie viel?«, fragte ich mit trockener Kehle.

»Zwanzig Mark für das Ganze, mein Kleiner.«

»Nie im Leben! Da behalte ich lieber die Bücher.«

Warum stellte er sich zwischen sie und mich? Wollte er mich hindern, sie zurückzunehmen?

»Zwanzig Mark habe ich gesagt ... Und noch etwas: Es könnte sich als unvorsichtig erweisen, mit diesen unterm Arm zu anderen Buchhändlern zu laufen ... Ich mein's gut mit dir ...«

»Was wollen Sie damit sagen?«

»Dass deine Victor Hugos aus der Universitätsbibliothek kommen ... Du brauchst mir nichts zu erklären ... Es geht mich nichts an.«

Ich war puterrot geworden, und ich weiß nicht mehr, wie der Zwanzig-Mark-Schein aus Danses Hand in die meine gelangte. Er begleitete mich noch bis zur Tür, und als ich mich umdrehte, sah ich ihn auf der Schwelle stehen, die Hände in den Hosentaschen, den Bauch vorgereckt, sein Mondgesicht zufrieden strahlend.

Ich weiß nicht, ob es am Krieg und an der Besatzung lag oder ob die ersten sexuellen Erfahrungen immer diesen schalen Beigeschmack haben.

Ich erinnere mich eigentlich nur an den Winter, an den Nieselregen und den Nebel, und ich sehe wieder diese lange Straße mit ihren blau getarnten Laternen vor mir, wo wir uns abends nach sieben herumtrieben und wo es so dunkel war, dass wir stets eine Taschenlampe bei uns trugen.

In Lüttich heißt diese Promenade aus unerfindlichen Gründen das Carré, denn man geht nicht etwa im Viereck, sondern eine lange Straße rauf und runter und begegnet so zwanzigmal am Abend denselben Leuten.

Wir waren die Jüngsten. Ich nehme an, dass die Dir-

nen dort mit mehr oder weniger Glück ihre Geschäfte machten, während wir den Mädchen unseres Alters nachliefen und ihnen zuweilen unsere Taschenlampen unter die Nase hielten. Alles unterernährte Gören, wie wir! Und ebenso schlecht gekleidet. Es gab sogar eine Zeit, da hatten wir nur Schuhe mit Holzsohlen.

In den Kinos wurden Stummfilme mit Klavierbegleitung gespielt, und in jeder Pause wurde die Leinwand begossen.

Von Hotelzimmern konnte natürlich keine Rede sein, und eigentlich waren sie auch gar nicht notwendig.

Unsere ersten Annäherungsversuche fanden in Mauerecken statt, mit vom Regen durchnässten Kleidern, wo die Hand plötzlich heiße Schenkel unter dem eiskalten Regenmantel ertastete, wo Münder sich mit Küssen um ein Vergnügen bemühten, aber nur eine rein theoretische Lust zu wecken vermochten.

»Was hat sie dir gesagt?«

»Ich habe geschworen, es nicht weiterzusagen …«

»Es war nur für mich bestimmt! Nur für mich … Ich werde es niemandem erzählen …«

Man sah einander kaum, aber die unbeholfenen Hände tatschten umso versessener.

»Sag es mir!«

Wie alt waren diese Gören? Vierzehn? Fünfzehn? Kleine Mädchen aus dem Volk, die in Banden kamen und an den Männern mit einem Lachen vorbeigingen, in dem die Angst mitklang. Wir, die Jungen, zählten nicht für sie. Sie hatten Geheimnisse, mit denen sie uns den Mund wässerig machten.

»Ich an ihrer Stelle hätte mir das jedenfalls nicht ge-

fallen lassen … Übrigens hat sie sich danach nicht mal nach Hause getraut …«

»Warum nicht?«

»Das darf ich nicht sagen … Das sind viel zu schlimme Dinge …«

Und naiv, wie wir damals waren, bestanden wir acht Tage lang darauf, dieses berühmte Geheimnis zu teilen, von dem unsere Freundinnen ständig hinter vorgehaltener Hand tuschelten.

»Es ist in einer Buchhandlung …«

»Welche?«

»Das sage ich nicht … Er hat einen Ausweis von der Kommandantur …«

»Wer?«

»Er! Der Mann! Er hat das Recht, alle Frauen auf der Straße festzunehmen und abzuführen …«

»Warum?«

»Um festzustellen, ob sie gesund sind …«

Allein dieses Wort! Wie uns das aus der Fassung bringen konnte!

»Ist er denn Arzt?«

»Nein! Aber er untersucht sie trotzdem … Verflixt! Jetzt habe ich schon zu viel gesagt …«

Und dann tuschelten wir einander die spärlichen Auskünfte zu und brüsteten uns, viel mehr zu wissen, als wir wirklich erfahren hatten.

»Ich weiß, wer es ist … Es ist Danse, der Buchhändler in der Rue Féronstrée …«

»Der, bei dem ich meine Bücher verkaufe?«

Immer wieder die lange dunkle Straße, die für uns die Welt bedeutete, mit ihren verschlossenen Läden und

den blauen Gaslaternen, diese Straße mit ihren verstohlenen Schatten, ihren Soldaten, die man am Stapfen ihrer Stiefel erkannte, dem Aufleuchten des stahlgrauen Capes eines Offiziers, dem Klicken seiner Sporen, dem Parfum einer eleganten Dame …

»Sidonie musste ins Krankenhaus gebracht werden …«

»Was hat sie denn?«

»Das geht die Männer nichts an …«

Seltsame Gören, die geheimnisvolle Stunden in der Gesellschaft wahrer Männer verbrachten und von ihnen ins Restaurant eingeladen wurden!

»Gestern waren es vier … Er hat eine Kerze auf einen Totenkopf gesteckt …«

Und Sidonie, die schon mehrere Male dort gewesen war und die mir mit ihrer anämischen Blässe wie eine Madonna erschien, kniff die Lippen zusammen und schnürte sich einen ganz abgeschabten Pelzkragen um den Hals.

»Was hat er mit dir gemacht? … Sag es mir! …«

Der Mann war wirklich Hyacinthe Danse, derselbe, der uns mit seinem fröhlichen Mondgesicht die Bücher abkaufte und wiederverkaufte. Einer von uns hatte ihn tatsächlich in die Kommandantur eintreten sehen. Und es stimmte auch, dass er einen Ausweis mit deutschen Stempeln besaß und dass er am Abend junge Mädchen auf der Straße anhielt und sie in seine Buchhandlung mit den verschlossenen Läden führte.

Auch dass Sidonie ins Krankenhaus gebracht werden musste, entsprach der Wahrheit. Es stimmte ferner, dass …

Das alles erfuhren wir nach und nach, aber worüber sie sich hartnäckig ausschwiegen, waren genaue Einzelheiten über das, was er mit ihren kleinen unfertigen Leibern anstellte.

»Der ist nicht wie die anderen ... Der ist pervers ...«

So gingen wir natürlich bei jeder Gelegenheit zu Danse, um den Laden zu besichtigen, und stellten uns vor, was am Abend bei geschlossenen Jalousien zum Beispiel in dem alten Sessel geschehen mochte.

Ich höre noch die heisere Stimme eines dieser Mädchen, es war die Tochter einer Marktfrau:

»Wie konntest du nur so blöd sein, dir das gefallen zu lassen?«

»Aber sonst hätte er mich doch bei den Deutschen angezeigt ...«

Inzwischen war ich fünfzehn oder fünfzehneinhalb, trug Männerhosen und rauchte eine Pfeife mit dünnem Stiel. Plötzlich erschienen neue Uniformen in der Stadt, müde Gesichter, rastlose Gestalten: russische Kriegsgefangene, die die Deutschen freizulassen begannen, als sie das Debakel kommen sahen.

»Wer hat noch nicht seinen Russen?«

Jedes Haus wollte einen haben. Jedes junge Mädchen zog mit einem durch die Stadt. Sie hatten so gelitten! Und da, eines Nachmittags, wir waren gerade in einem großen Varieté-Theater und ein Komiker sang das Lied *Karoline, peng peng peng ... Sie erkrankte, peng peng peng ...*, da ging besagter Komiker, der offenbar völlig durchgedreht war, hinter die Kulissen und kehrte in einer französischen Uniform, einer echten, auf die Bühne zurück ...

Wir trauten unseren Ohren nicht, denn nun sang er die *Marseillaise*, die *Brabançonne*, die *Madelon*, lauter ausländische Lieder, die wir noch nicht kannten …

Und zwischen den Strophen brüllte er:

»Der Krieg ist aus! … Der Waffenstillstand ist unterzeichnet! …«

Gewiss, die Deutschen irrten noch in der Stadt herum. Eine nicht enden wollende Kolonne von Lastwagen, Geschützen, fahrbaren Feldküchen und müden Leuten bewegte sich der östlichen Ausfahrt zu, und die Offiziere rissen sich die Rangabzeichen ab.

Ich weiß nicht, was Danse tat, während wir mit Wildfremden durch die Straßen tanzten, während andere Banden den Frauen, die mit den Besatzungstruppen Verkehr gehabt hatten, die Kleider vom Leibe rissen und ihnen die Schädel kahl schoren.

»Die Alliierten sind fünfzig Kilometer von hier …«

Und da wir schon mal dabei waren, plünderten wir die Geschäfte der vermeintlichen Kollaborateure. Eisschränke flogen aus den Fenstern, Schinken häuften sich in den Straßenrinnen, und die Polizei sah machtlos zu und ermahnte uns nur:

»Schlagt kaputt, was ihr wollt, aber stehlt nicht!«

Damals kannte ich den kleinen K. noch nicht. K. war ein nervöser und entsetzlich unterernährter Jüngling, der Malkurse auf der Akademie nahm, während ich auf dem Gymnasium war. Doch ich weiß, dass auch er gehungert, dass er Kohlrüben statt Kartoffeln gegessen hat und dass er wahrscheinlich wie ich am Abend in der Dunkelheit des Carrés den Mädchen nachgelaufen ist. Er war der Sohn eines Arbeiters aus der Vorstadt.

Seine Mutter war gestorben. Und er wollte ein großer Künstler werden.

Am Tage des Waffenstillstands nahm auch er an der Farandole teil, die durch die Straßen wogte, in alle Cafés einkehrte und sich gratis bis zur Bewusstlosigkeit betrank.

Ein Detail: Zufällig begleitete mich ein ziemlich ordinäres Mädchen, das zwei Ringe am Finger trug ... Plötzlich sieht uns meine Mutter, kommt auf uns zu, schaut mich argwöhnisch an, nimmt dem Mädchen mit einem gemurmelten »Man kann nie wissen! ...« die Ringe ab und entfernt sich wieder.

Von Danse weiß ich inzwischen, was er an diesem Abend hinter seinen verschlossenen Läden trieb. Danse schrieb! Er verfasste eine Ode an den Frieden, in demselben Raum, in dem die kleinen Mädchen ...

»Die Alliierten sind zwanzig Kilometer von hier.«

Wir radelten ihnen entgegen, bildeten eine ganze Kolonne, während eine andere sich kläglich der deutschen Grenze näherte, wo die besiegten Offiziere von ihren Soldaten öffentlich mit Fußtritten traktiert wurden.

Danse arbeitete fieberhaft, zu dieser Zeit geschah alles wie im Fieber; die ganze Welt fieberte beim Gedanken, dass sich etwas Neues anbahnte.

»Die Alliierten sind in den Vorstädten.«

Danse war bereit. Er hatte seine Ode geschrieben und außerdem noch einige patriotische Lieder, die er, ohne eine Minute zu verlieren, als Vorkriegstroupier verkleidet, mit fettem und rosigem Gesicht und dem troupierüblich dick aufgemalten Lächeln, vorzutragen gedachte.

Unterdessen saß ein gewisser Deblauwe, Sohn eines

ehrbaren Eisenwarenhändlers aus Lüttich, in Paris, in der Rue Montmartre, und schrieb für eine kleine Zeitung die Lokalnachrichten.

Und ebenfalls am Montmartre machte der Fakir, ein aus Gott weiß welcher Gegend der Levante stammender Kerl mit fettigem Haar, jeden Abend seine Runde in den Cafés, setzte sich zu den Gästen und las ihnen aus den Handlinien die Zukunft.

Was mich betraf, so betrank ich mich zum ersten Mal in meinem Leben und immer noch am Arm jenes Mädchens, dem meine Mutter die Ringe abgenommen hatte.

Wie hätte ich ahnen können, dass ich ein Jahr später Journalist sein und den aus Paris zurückgekehrten Deblauwe zum Kollegen haben würde?

Und dass Danse, der eines Tages eine Zeitung brauchte …

Und dass der Fakir sein Glück in Lüttich suchen und uns mit seinen Experimenten verblüffen sollte, während der kleine K. …

Auf dem Nachhauseweg kam ich jeden Abend an der Kirche von Saint-Pholien vorbei – wie auch vor dem Eisenwarengeschäft der Eltern Deblauwes.

Ich war fünfzehneinhalb und wusste nicht, dass in meiner unmittelbaren Umgebung drei Verbrechen ihren Anfang nahmen.

Inzwischen lernte ich den Text der *Madeion* auswendig und sammelte patriotisch die Uniformknöpfe aller alliierten Armeen.

Ich sehe die stille Straße noch vor mir, in die plötzlich eine schreiende und rennende Menge einfällt; eine Frau mit aufgelöstem Haar, die umsonst ihren Verfolgern zu entkommen sucht, die sich buchstäblich auf sie stürzen; nach mehreren Minuten eines undeutlichen Hin und Her, eines Wirrwarrs, eines Handgemenges, das man von weitem nicht versteht, tritt ein quasi respektvolles Schweigen ein, wie bei einer Hinrichtung, nur von dem Jammern jener unterbrochen, die nicht mehr die Kraft hat, sich zu wehren.

Und da erscheint unter all den angekleideten Menschen ein völlig nackter Körper, dessen Nacktheit im kalten Licht der Straße, auf dem harten Grau der Pflastersteine noch anstößiger wirkt als irgendwo sonst, und das Gelächter erstirbt, und alle Augen blicken gebannt auf das dunkle Dreieck unter dem blassen Bauch ...

Halbwüchsige wie ich drängen sich vor, krank vor Erregung; ein mit einer Schere bewaffnetes Weib schneidet der Frau das Haar ratzekahl ab, man zwingt die Arme aufzustehen und an den Häusern entlangzugehen, während hundert Leute sie begleiten ...

In einem solchen Moment fragt man sich weder, ob es tragisch oder grotesk war, noch, wie der in wenigen Tagen heimkehrende Soldat reagieren würde,

wenn er seine Frau kahlgeschoren wiederfand und auf diese Weise erfuhr, dass sie mit Deutschen geschlafen hatte.

Jede Woche fanden Paraden und patriotische Feiern statt. Auf allen Bauernhöfen hießen die Schweine Wilhelm.

Danse, reich und glücklich, ein monströses Baby von hundertdreißig Kilo in seiner neuen Uniform, tingelte als Sänger und Komiker durch die Kleinstädte, und unter seinem Künstlernamen stand zu lesen: *Ehemaliger Kriegsgefangener.*

War es die Wahrheit? War es eine Lüge? Man wusste es bereits nicht mehr. Und da es schwarz auf weiß gedruckt war und die Behörden es zugelassen hatten … Die Behörden wussten es übrigens ebensowenig, sie hatten genug mit dem Organisieren der Umzüge zu tun, um den nach Heldentum lechzenden Durst der Zivilisten zu stillen.

Auch in seinem Buchladen blieb Danse nicht untätig; in Schönschrift und auf prächtigem Büttenpapier verfasste er Gedichte: *Ode an König Albert I., Ode an Foch, Ode an Clémenceau …*

War er naiv oder ein ganz großer Schlaumeier? Jedenfalls bemühte er sich nicht um einen Verleger und versuchte nicht, an das große Publikum zu gelangen. Es genügte ihm, seine Oden in wenigen Exemplaren abzuschreiben, sie gleich Inkunabeln oder Neujahrskarten mit Arabesken, Fahnen, gezeichneten Blumen und verschnörkelten Initialen zu verzieren.

Und da er in diesen Dingen Erfahrung hatte, schickte er sie mit einem ehrerbietigen Brief an die Betroffenen:

An den König, an Foch, an Clémenceau und an all die anderen, die in die Geschichte eingegangen waren.

Unter der Unterschrift stand jeweils »Zivilopfer der Barbaren«.

Und jedes Mal erhielt er nach einigen Wochen große amtliche Kuverts.

>*Sehr geehrter Herr Danse,*
Seine Majestät war sehr gerührt …«

Die an ihn gerichteten und mit breiten Bändern in den Nationalfarben verzierten Dankschreiben berühmter Männer schmückten dann sein Schaufenster, und 1933, wenige Tage vor seinem dreifachen Mord, veröffentlichte er die Liste all dieser Dankschreiben, die eine ganze Zeitungsseite einnahm.

Inzwischen war ich sechzehn und wurde sein Kollege, allerdings noch nicht als Journalist, sondern als Buchhändler. Nach dem Tod meines Vaters musste ich meinen Lebensunterhalt selbst verdienen; ich arbeitete einen Monat in einer Buchhandlung, die gleichzeitig auch eine Art Leihbibliothek war, und meine Kunden waren meine Klassenkameraden aus dem Gymnasium; ich wurde dann wegen mangelnden Respekts vor dem Buchhändler entlassen.

Die Zeiten waren immer noch patriotisch. Die Frauen trugen soldatische Dienstmützen, und man diskutierte über den »Beitrag des Frontkämpfers«, über Abzeichen für Dienst in den Schützengräben, über Orden. Eines Morgens kam ich am Gebäude einer Zeitung vorbei,

und ich beschloss, einzutreten und mich um eine Stelle als Reporter zu bewerben. Ich war etwas über sechzehn. Anderntags trat ich meine Stelle an. Meine Arbeit bestand darin, mindestens hundertmal im Jahr hinter den verschiedensten Delegationen zum Fort Loncin hochzuklettern; hinter dem Stadtrat von Paris, den amerikanischen Müttern, dem Negus von Äthiopien oder dem japanischen Kronprinzen Hirohito, dem König von Italien, dem Ministerpräsidenten von Irgendwo – in ewig gleichem Zeremoniell: Wagenkolonne vor dem beflaggten Bahnhof, dann über eine nicht enden wollende Straße zum Fort hinauf, Ansprache des Kommandanten, Rückfahrt über Herstal, Besichtigung der Waffenfabrik (Ehrentrunk mit Champagner), Ankunft im Ratshaus (Stehbuffet), dann …

Ich war bei der konservativsten Zeitung der Stadt und der jüngste unter den Journalisten. Für das erste offizielle Diner, an dem ich teilnahm, habe ich mir nicht etwa einen Smoking ausgeliehen, denn das fand ich vulgär, sondern ein graues Jackett, zu dem ich, wenn ich mich nicht täusche, eine weiße Krawatte und gelbe Handschuhe trug.

Nicht lange danach, bei einem großen Mittagessen, dem »Bankett der flammenden Stadt«, erhob ich mich plötzlich von der Ehrentafel, wo ich mit meinen Kollegen saß, und rief mit lauter und vernehmlicher Stimme:

»Ich verpisse mich! Ihr seid beschissene Langweiler!«

Danach eine gähnende Leere. Als ich erwachte, lag ich in meinem Bett, und mein zum Zerbersten geschwollener Schädel dröhnte wie eine Trommel. Meine Mutter

stand schluchzend am Bett, neben ihr mein Bruder, der mich entsetzt anstarrte.

»Was ist denn los?«, fragte ich in unbefangenem Ton.

»Weißt du denn nicht, dass Nachbarn dich um sechs Uhr früh von der Schwelle aufgelesen haben und dass wir dich zu dritt ins Bett tragen mussten?«

Nein, das wusste ich nicht. Und ich betrachtete auch mit Bestürzung einen riesigen Dolch, den man, wie es schien, in der Tasche meines Regenmantels gefunden hatte.

»Was hast du nur angestellt?«

Woher sollte ich das wissen? Hätte man mich beschuldigt, jemanden umgebracht zu haben, so hätte ich es geglaubt.

Ich stürme los, zur Zeitungsredaktion, um meine Kollegen anzurufen und zu erfahren, was ich angestellt habe. Auf dem Flur begegne ich dem Portier, der verzweifelt den Kopf schüttelt:

»Mein Gott! Wie konnten Sie das tun?«

»Was tun?«

»Das wissen Sie nicht? Es ist eine Katastrophe!«

Und ich erfahre, dass ich gegen fünf Uhr nachmittags ohne Hut und mit einem zerbrochenen Spazierstock im Zeitungsbüro angekommen bin und dort alles, was ich im Leibe hatte, ausgekotzt habe. Der Chef hat sich um mich gekümmert und versucht, mir heißen schwarzen Kaffee einzuflößen, ein klassisches Mittel. Weniger klassisch war, dass ich ihm den Kaffee ins Gesicht schüttete und brüllte:

»Sie, Sie sind ein erbärmlicher Feigling und ein falscher Bruder! Jawohl! Ich weiß, was ich sage!«

Und jetzt erwartet er mich natürlich! Zuerst wirft er mich hinaus. Dann ruft er mich zurück, denn er ist ein braver Kerl, und erklärt mir, dass er es noch einmal mit mir versuchen will, aber dass man mich nicht mehr auf Empfänge schicken wird.

Kurz darauf ruft mich ein Kollege an:

»Na, geht's dir besser? Hast du deine Tänzerin wiedergesehen?«

»Meine Tänzerin?«

»Ich rate dir, im ›Trianon‹ vorbeizuschauen und dich zu entschuldigen …«

»Wofür denn?«

»Ruf doch mal Deblauwe an. Er hat dir das Zeug ins Glas geschüttet. Nur wusste er nicht, dass die Wirkung so gewaltig sein würde. Er ist dir den ganzen Nachmittag lang gefolgt …«

Deblauwe, sieh einmal an! Ich kannte ihn kaum. Er war mindestens zwanzig Jahre älter als ich, trug eng taillierte Mäntel, die mich beeindruckten, und schwenkte beim Gehen einen Spazierstock aus Rohr mit goldenem Knauf. Ein gutaussehender Mann mit feinen Zügen, gezwirbeltem Schnurrbart, dessen Gesten ein wenig geziert wirkten. Er war mir nicht nur an Jahren voraus, sondern hatte sich auch schon in Paris als Journalist betätigt, und in Lüttich schrieb er eine tägliche Kolumne, die er mit dem Pseudonym Vinicius unterzeichnete.

»Hallo, Deblauwe? Sagen Sie mal, alter Freund, ich scheine gestern …« Allmählich füllten sich meine Gedächtnislücken wie die Felder einer Lottokarte, und ich erfuhr alles: Wie ich das Bankett inmitten eisigen Schweigens verlassen hatte, ins ›Trianon‹ stürmte und

dort mitten in die Vorstellung platzte, wie ich hinter die Kulissen gedrungen und dort einer Tänzerin nachgelaufen war, der ich brüllend bis auf die Bühne folgte, wie ich dann …

»Wenn ich gewusst hätte, dass du so ein Kindskopf bist!«, sagt Deblauwe verächtlich.

Um mich zu beruhigen, hat er mich in einen Puff mitgenommen, wo er Freundinnen hat, und dort hatte ich, wie es scheint, ein Kleid oder ein Hemd zerrissen, einen Dolch geklaut …

Wie auch immer … Es war geschehen … Bei der Zeitung hat man mich nicht vor die Tür gesetzt, und nun muss ich bis zum Ende meiner Tage die Vorwürfe meiner Mutter über mich ergehen lassen, die es vor allem ärgert, dass Nachbarn mich aufgelesen haben.

Wichtig ist allein, dass ich von nun an Deblauwes Freund bin und dass wir, da unsere Redaktionen nahe beieinander liegen, jeden Tag gemeinsam den Weg zu unserem Wohnviertel zurücklegen, er, indem er hochmütig seinen Stock schwingt, die Passanten mit frecher Geringschätzigkeit mustert und nicht aufhört, Binsenwahrheiten von sich zu geben, und ich beflissen und voller Bewunderung, zumindest bis zum Tage, da …

Ständig fanden wir uns bei den Pilgerfahrten nach Loncin wieder, bei den Besuchen vornehmer Ausländer in der Waffenfabrik, bei den Feierlichkeiten im Rathaus, den Kongressen der ehemaligen Frontkämpfer, den Paraden, den patriotischen Veranstaltungen, den Literaturabenden.

Gelegentlich geht nur einer von uns hin und ruft den anderen am nächsten Morgen an.

»Verstehst du«, sagt Deblauwe zu mir, »in Paris waren wir viel besser organisiert. Ich erinnere mich, wie Clémenceau mir eines Tages erklärte …«

»Du kennst Clémenceau?«

»Und ob ich ihn kenne! Wir haben im selben Büro gearbeitet. Im Grunde ein guter Kerl! Ich weiß nicht, wie oft ich mit ihm in der Rue du Croissant zu Abend gegessen habe. Ich sagte sogar zu Tardieu …«

Ich will mir nichts vormachen, aber ich war doch bereits ein wenig skeptisch. Trotzdem sah ich noch keinen Zusammenhang mit Hyacinthe Danse, der in seinem Schaufenster die Briefe König Alberts, Poincarés und anderer hoher Persönlichkeiten ausstellte. Jahre später, nachdem Danse gemordet hatte, verwendete sein Anwalt Maurice Garçon in seinem Plädoyer dafür das Wort *Paranoiker*. Und als kurz darauf in Paris auch Deblauwe einen Mord beging, wird sein Verteidiger wohl ähnlich argumentiert haben.

»Siehst du? Hier verstehen sie nichts vom Journalismus, sie verstehen überhaupt von nichts was. Da reden sie vom Krieg, ohne zu ahnen, dass wir im *Deuxième Bureau* …«

»Du warst bei der Abwehr …«

»Und ob ich dabei war! Schau … ich erinnere mich noch, wie Elisabeth mir eines Abends beim Diner gestand:

›Mein kleiner Deblauwe, ich muss Ihnen …‹«

»Pardon! Welche Elisabeth?«

»Na, die Königin natürlich!«

Ich war sechzehneinhalb oder siebzehn und hatte einen gewissen Respekt vor diesem Mann, der Aperitifs mit Selterwasser trank, während ich mich mit einem Bier begnügte.

Eines Tages verblüffte er mich vollends. Er hatte mich wieder in diesen berühmten Puff mitgenommen, an den ich mich nicht einmal mehr erinnerte, weil ich das erste Mal so betrunken gewesen war.

Er gehörte nicht zu denen, die verschämt und verstohlen eintreten oder an den Wänden entlangschleichen wie die meisten anderen Leute, im Gegenteil, er wollte gesehen werden. Er hätte nicht einmal etwas dagegen gehabt, wenn man ihn dabei fotografiert hätte.

Den Sombrero kess zurückgeschoben, die Hände in den Westentaschen, den Stock wie einen Säbel über der Schulter, die Zigarette an die Unterlippe geklebt, stieß er mit dem Fuß die Tür zum »Spiegelsalon« auf und raunte der Wirtin zu:

»Na, wie geht's?«

»Danke, und Ihnen, Monsieur Ferdinand?«

»Ist Renée oben? Bring uns was zu trinken rauf. Und ruf eine für meinen Freund da.«

Lässig verschwand er hinter den Kulissen. Ich hörte ihn in irgendeinem Hinterzimmer mit einer Frau scherzen, dann stieg er in den ersten Stock hinauf, wo Renée immer noch schlief.

»Bist du ein Freund von Ferdinand?«, fragte mich eine Frau im Hemd und setzte sich zu mir auf die mit lila Samt bezogene Bank. »Stimmt es, dass er Renée mit nach Spanien nehmen will?«

»Weiß ich nicht.«

Sie brauchte nicht lange, um zu merken, dass ich auch in anderer Hinsicht ziemlich unwissend war.

»Was trinkst du?«

Deblauwe kam wieder herunter, benahm sich wie zu Hause, öffnete einen Schrank und goss sich einen Wermut ein. Dann unterhielt er sich leise mit der Wirtin, und ich verstand nur, dass von Geld die Rede war.

»Wenn sie's dir doch sagt, dann hat sie eben nicht mehr angeschafft, mein Lieber! Du weißt genau, dass Renée in Ordnung ist.«

Endlich setzte er sich, und das Gespräch wurde allgemein. Er sprach von der Zeitung, von den laufenden Ereignissen, und er redete wie ein Mann, der sich nichts vormachen lässt und alles durchschaut. Eine nach der anderen kamen die Mädchen herunter und setzten sich dazu.

»Glauben Sie, dass man den Kaiser hängen wird?«

Auch das stand damals zur Debatte.

»Und die Mark? Mein Freund ist letzte Woche nach Deutschland rüber und hat dort für dreißig Franc eine goldene Uhr gekauft ...«

All die nackten Schenkel und die zuweilen aus den Hemdchen rutschenden Brüste ließen Deblauwe kalt.

Jetzt kommt Renée herunter, eine ziemlich mollige Brünette, die mit etwas heiserer Stimme sofort zu trinken bestellt.

Eine Stunde später auf der Straße erklärt er mir nicht ohne Stolz:

»Die bringt mir mehr ein als das, was ich bei der Zei-

tung verdiene. Deshalb möchte ich sie in Barcelona haben. Dort läuft es noch besser als hier.«

Einen Monat später verkündet er mir seelenruhig:

»Komm mit, ich zeig dir meine Druckerei …«

Er bluffte nicht. Er hatte eine Druckerei, mit Maschinen, Arbeitern, Korrektoren und allem Drum und Dran, doch er hatte seine Stelle bei der Zeitung noch nicht aufgegeben.

»Schreib mir einen Roman, und ich veröffentliche ihn.«

Auch das war kein Bluff. Er hatte tatsächlich zwei oder drei Romane junger Autoren verlegt, und die Aufmachung der Bücher war von einer Modernität, die uns beeindruckte. Zusammen mit einem Ausländer brachte er auch eine politische Zeitschrift heraus, und eines Tages erklärte er uns:

»Man zwingt mich, die Druckerei zu schließen.«

»Wer?«

»Das Deuxième Bureau.«

Diesmal sagte er wohl die Wahrheit, denn später stand der Name des betreffenden Geschäftspartners auf der schwarzen Liste fast aller westlichen Länder.

Danse und Deblauwe kannten sich noch nicht. Aber sicher las Danse hin und wieder einen mit Vinicius unterzeichneten Artikel, während Deblauwe bestimmt gelegentlich auch einen Blick in die Schaufenster des Buchhändlers warf.

Beide stammten aus guter Familie. Der eine war von den Jesuiten erzogen worden, der andere ging aufs Gymnasium.

Für jeden sorgte eine brave Mutter aus der Kleinbür-

gerschicht, in der Ehrbarkeit und Sittenstrenge oberstes Gebot sind.

Während des Kriegs verkehrte Danse mit der Besatzungskommandantur.

Nach dem Krieg gründete Deblauwe eine Druckerei mit dem Geld einer ausländischen Regierung.

Danse sammelt geduldig Dankschreiben hochgestellter Persönlichkeiten und verfasst kriecherisch-konformistische, läppische Gedichte. Zur gleichen Zeit schreibt Deblauwe in seiner Zeitung jeden Tag unter dem Pseudonym schlechte Verse und redet ständig von seinen Beziehungen zu den Mächtigen des Tages.

Deblauwe war verheiratet, dann ließ er sich scheiden. Auch Danse lässt sich scheiden.

Danse bediente sich während des Kriegs eines mysteriösen Ausweises, um die kleinen Mädchen in seinen Laden zu locken.

Deblauwe mietet ein Studio in der Nähe der Mädchenmittelschule, lauert den Schülerinnen nach Schulschluss auf und lockt sie mit buntgefärbten Aperitifs und Süßigkeiten in seine Wohnung.

Trotzdem findet Deblauwe Zeit, eines Morgens in Begleitung Renées nach Barcelona zu reisen und sie dort in einem Puff unterzubringen, wo sie ihm viel mehr einbringt als bisher.

Ungefähr zur gleichen Zeit fährt Hyacinthe Danse nach Südfrankreich, von wo er in Begleitung einer Frau zurückkehrt.

Es ist nicht Renée. Das wäre zu schön, um wahr zu sein. Das wäre wie im Roman. Aber es ist eine wie sie, eine emsige Puffbiene, die Danse in Lüttich unterbringt

und die er besucht wie der andere seine Mätresse damals.

Ist es bei dem einen oder anderen so etwas wie Liebe?

Schwer zu sagen. Jedenfalls wird Danse seine Geliebte an dem Tag umbringen, als sie beschließt, ihn zu
verlassen, und Deblauwe erschießt in einer möblierten
Wohnung in der Rue Maubeuge einen gewissen Tejalda
auch deshalb, weil der Spanier ihm seine »Frau« weggenommen hat.

Von alledem ahnte ich noch nichts. Niemand ahnte es,
selbst die Täter nicht. Dreimal in der Woche holte ich
mir bei Danse Bücher und unterhielt mich mit ihm über
Neuerscheinungen, oder ich feilschte stundenlang, um
ihm billig eine Erstausgabe abzuluchsen.

Er war ein wahrer Schmierenkomödiant, und ich
möchte wetten, dass er sein Mienenspiel vor dem Spiegel übte. Dagegen fiel mir etwas recht Peinliches auf,
weil ich in einem Alter war, in dem einem solche Dinge
nicht entgehen. Da er inmitten verstaubter Bücher lebte,
trug er eine weiße Kittelschürze, doch unter der Schürze
war seine Hand ständig in der Hosentasche, und seine
Mundwinkel umspielte ein geiferndes Lächeln.

Wir fuhren weiterhin zum Fort Loncin hinauf, wohnten Regimentsparaden bei, und die ehemaligen Front-
soldaten organisierten Umzüge, während die Polizei
die ersten kommunistischen Agenten verhaftete, von
deren Zielen man so gut wie nichts wusste.

Mein erster Roman war gerade fertig, als Deblauwes
Druckerei zumachte. Er hieß *Au Pont des Arches*, nach
jener Brücke, die wir täglich im vertrauten Gespräch
überquerten.

Ich hatte gelernt, auf den Banketts keinen Skandal mehr zu erregen und meinem Chefredakteur keinen Kaffee mehr ins Gesicht zu schütten, sodass meine Zeitung sich trotz ihrer Sittenstrenge nicht weiter über meinen Umgang beunruhigte.

Eines Abends führte Deblauwe mich einmal nicht in den Puff, wo er keine kommerziellen Interessen mehr hatte, sondern in den Roten Esel, wo sich mir eine neue, völlig unbekannte Welt auftat. Der Rote Esel lag in einer schmutzigen Gasse zwischen zwei großen Straßen und war ein Kabarett im Stil von Montmartre, mit Totenköpfen an den Wänden und Karikaturen berühmter Männer und Chansonniers, Tischen und Bänken im rustikalen Stil; die Tänzerinnen waren aus Paris, verdienten zwanzig Franc am Tag und wohnten im Haus. Eine, die dort lange gearbeitet hatte, brachte es zu einiger Berühmtheit, ein kleines Geschöpf, das mit heiserer Stimme Chansons sang und in den Pariser Varietés über Nacht zu Ruhm kam und ein Jahr später starb. Deblauwe fühlte sich dort so heimisch wie im Bordell, und er stellte mich einer Clique lärmender Gäste vor, die gern und oft im Chor *Les Moines de Saint-Bernardin* grölten.

»Meine Malerfreunde ...«

Unter ihnen der kleine K. An der Theke stand ein Kerl mit langem, fettigem Haar und schmutzigem Kragen, der sich andauernd etwas in die Nase stopfte und uns anstarrte, ohne uns zu sehen. Wir interessierten ihn nicht. Er lauerte den wirklichen Gästen auf, denen, die ordentlich zechten und Geld in der Tasche hatten. Finster und geringschätzig trat er an ihren Tisch.

»Soll ich Ihnen sagen, wie Sie sterben werden? ...
Geben Sie mir Ihre Hand ... Her damit!«

Notfalls nahm er sie mit Gewalt, setzte sich, trank aus
dem Glas des Gastes und brummelte:

»Ich sehe einen sehr schweren Unfall ... Kräftig sind
Sie nie gewesen ...«

Noch wusste ich nicht, wer er war. Ich kannte nie-
manden, und da ich nach dem Krieg die *Madeion* auswendig gelernt hatte, versuchte ich, mir nun die Strophen der Trinklieder zu merken, besonders derer mit
lateinischem Text, die mir ungemein gefielen.

»Trinkst du ein Glas mit?«, fragte Deblauwe den Fakir, als dieser gerade mit einem Neureichen fertig war.
»Wie gehen die Geschäfte?«

»Alles Filzkragen! Arschlöcher!«

»Darf ich vorstellen ...«

Der Raum war klein und verraucht, eine Art Replik
des Lapin Agile in Paris. Chansonniers und Diseusen
setzten sich nach ihrem Auftritt zu uns an den Tisch,
und man gewährte uns Künstlerpreise.

Trotz meines denkwürdigen Rausches war ich das
Trinken nicht gewohnt, und als ich gegen drei Uhr
früh mit einem Freund heimkehrte, hätte ich alle Mühe
gehabt, die Vorkommnisse des Abends zu beschrei-
ben.

Ich weiß nur noch, dass ich mitten auf der Brücke
stehen blieb, auf die in Nebel gehüllte Maas blickte und
stolz erklärte:

»Mit vierzig werde ich Minister oder Mitglied der
Académie sein!«

Schließlich hatte ich jetzt Freunde, die mir zu höchs-

tem Ruhm berufen schienen, wie den Fakir, der ein echter indischer Fakir zu sein behauptete, und wie all die jungen Maler, die von Rembrandt wie von einem Kollegen sprachen, einschließlich des kleinen K., von dem jeder mir erzählte, er sei mindestens so genial wie Verlaine.

Und warum sollte nicht auch ich ein Genie sein? Ich wusste zwar noch nicht genau auf welchem Gebiet. Vielleicht in der Politik? Oder in der Literatur?

Ich verfiel in einen bleiernen Schlaf. Am nächsten Morgen betrachtete mich meine Mutter argwöhnisch und fand es angebracht, an die Geschichte des Dolchs zu erinnern.

»In deinem Alter hätte dein Vater sich nicht erlaubt, um drei Uhr morgens nach Hause zu kommen ...«

Doch ich sollte von nun an noch viel später heimkehren, um vier, um fünf Uhr oder überhaupt nicht, nur weil ich durch Deblauwe den Fakir kennengelernt hatte, die Malerbande, den kleinen K., und weil ...

Und weil das alles wieder einmal mit Todesfällen enden sollte, mit Leuten im Gefängnis oder im Zuchthaus ...

Die Zeit des Krieges und der Mädchen unter den Gaslaternen oder in den nassen Hauseingängen war vorbei, desgleichen die Zeit des Patriotismus mit den Wallfahrten nach Loncin und den Besuchen ausländischer Diplomaten in der staatlichen Waffenfabrik. Eine neue Epoche begann, eine künstlerische, mystische, wilde und berauschende, und diese forderte das erste Todesopfer.

Danse begeisterte sich damals gerade für die Gehei-

men Wissenschaften, und da er schwerlich behaupten konnte, ein Fakir zu sein, legte er sich eben den Titel eines Magiers zu.

Was auch wieder ein blutiges Ende nehmen sollte.

3

Oh, welche Wollust, eine Jungfrau mit eitrigem Nabel zu umfangen!«, rief der zwanzigjährige Maler mit dem finsteren Blick.

Doch ich will lieber der Reihe nach erzählen, wie sich die Dinge jener neuen Welt abspielten, in die Deblauwe mich eines Abends im Roten Esel eingeführt hatte, wo der Fakir sich mit angewiderter Miene seinen Lebensunterhalt verdiente.

Sie waren mehrere – vielmehr, wir waren mehrere, denn ich gehörte eine Weile dazu –, die mehr oder weniger die Kunstakademie besuchten und die romantische Künstlertracht mit schwarzem Sombrero und Halsbinde trugen.

Sie kamen aus allen Vierteln der Stadt und allen Gesellschaftsschichten. Einer war der Sohn eines reichen Lackfabrikanten, während zum Beispiel der kleine K. einen armen verwitweten und ständig betrunkenen Handlanger zum Vater hatte. Kaufmannssöhne waren darunter und auch der Sprössling eines Universitätsprofessors. Die Jüngsten waren achtzehn, die Ältesten drei-, vierundzwanzig.

Stammte ihre Mystik, die ich mir gleichzeitig mit der Halsbinde zulegte, aus dem Krieg oder eher von den »poètes maudits«, den »verdammten Poeten«, deren Gedichte sie im Roten Esel hörten? War sie der Lek-

türe eines falsch verstandenen oder schlecht verdauten Buchs entsprungen?

Ich weiß es nicht. Es ist eine Frage, die ich mir erst heute stelle, denn auf dem Gymnasium war ich noch Mitglied einer Fußballmannschaft, und als Reporter fuhr ich am liebsten mit dem Motorrad über Land. Gewiss, ich las eine Menge, aber meine Lieblingsautoren waren Balzac, Dickens und Dumas, die man weiß Gott nicht als morbide bezeichnen kann. Ich bin sicher, wenn es damals Banden junger Männer und Mädchen gegeben hätte, die jeden Samstag mit Skis, Faltbooten und anderen Sportgeräten in die freie Natur geeilt wären, ich hätte mich ihnen begeistert angeschlossen.

Aber es gab sie nicht. In Lüttich gab es jede Woche vier Gemäldeausstellungen, die von der ganzen Stadt besucht wurden, und die Zeitungen, die damals noch keinen dreiseitigen Sportteil hatten, berichteten lang und breit über die Werke zwanzigjähriger Farbenkleckser und die Broschüren junger Versemacher.

Die Helden des Tages waren also meine neuen Freunde, die sich mit der Gewissheit, von allen angestaunt zu werden, auf dem Carré zeigen konnten.

So wie ich im Roten Esel die Strophen der *Moines de Saint-Bernardin* auswendig lernen musste und wie ich nach dem Waffenstillstand die *Madeion* entdeckt hatte, musste ich hier Balzac und Dumas verleugnen und mich in unendliche Diskussionen über das Unendliche und das Unbestimmte, über das Objektive und das Subjektive einlassen, über die Überlegenheit Rembrandts oder Leonardo da Vincis, Baudelaires oder Verlaines, Platos oder des Pyrrhon von Elis ...

Gibt es heute noch irgendwo junge Leute, die wie wir damals wie besessen von einer Ekstase zur nächsten zu gelangen suchen, ganz gleich, ob körperlich, sinnlich oder geistig, mit allen nur erdenklichen Mitteln, nach sorgfältig kodifizierten Ritualen, wie bei sexuell Abartigen?

Zu Beginn war es noch rein zufällig, improvisiert. Man versammelte sich auf gut Glück, mal bei dem einen, mal bei dem anderen, meist bei einem Maler, der sein Atelier auf dem Dachboden seiner Eltern hatte. Jeder brachte eine Flasche mit, ein kürzlich entdecktes Gedicht oder ein irgendwo aufgelesenes philosophisches Zitat.

Doch so konnte es nicht lange weitergehen. Der Unglückliche, bei dem es geschah, wurde am nächsten Tag von seiner empörten Familie ins Gebet genommen, die die ganze Nacht nicht hatte schlafen können, ganz abgesehen von dem Erbrochenen überall auf der Treppe und dem Abort, den zerschlagenen Gegenständen, dem aus der Wand gerissenen Telefon sowie mehreren Schnapsleichen auf dem Treppenabsatz …

Übrigens wurden wir, was die Ekstase betraf, immer anspruchsvoller; wir brauchten ein ganzes Zubehör, und so gründeten wir eines schönen Tages die »Caque«, das »Heringsfass«.

Hinter der Kirche von Saint-Pholien, in einem verfallenen Haus am Ende eines von kleinen Handwerkern bevölkerten Hofs, befand sich ein Kabuff, das einmal einem Tischler als Werkstatt gedient hatte und das wir für dreißig oder vierzig Franc im Monat mieteten. Die mittelalterliche Atmosphäre entsprach ganz unserem

Geschmack, und der Zugang war so unheimlich, dass sich niemand von uns allein hineingetraut hätte.

Und doch war der erste Einrichtungsgegenstand, den wir anschleppten, ein fast vollständiges Skelett. Einer fand bei sich zu Hause zwei alte Matratzen, ein anderer ein Stück Stoff. Ich steuerte eine Hängelampe bei, die ich auf dem Dachboden meiner Mutter entdeckt hatte und deren Verschwinden sie sich nie erklären konnte.

Was gab es sonst noch? Alles und nichts. Geheimnisvolle Inschriften aus dem *Grand Albert*, erotische Aktzeichnungen an den Wänden, angeschlagene Tassen, ungewaschene Gläser und schließlich immer mehr leere Flaschen.

Nach dem Abendessen ging jeder von zu Hause los, und bald hockten wir im »Fass«, kramten in unseren Taschen, um etwas zum Trinken zu kaufen, ganz gleich was, irgendeinen Fusel, der für möglichst wenig Geld am schnellsten betrunken machte.

Meine Lampe erwies sich als viel zu hell, und man zog ihr eine Kerze vor, deren Flamme man dazu noch mit rotem Papier abschirmte, sodass man fast nichts mehr sah außer schemenhaft die am Boden oder auf den Matratzen liegenden Körper, deren Gesichter im roten Licht leichenblass wirkten, obgleich sie Siebzehn- bis Vierundzwanzigjährigen gehörten.

Fast immer eröffnete das *Dies Irae* die abendliche Zusammenkunft, wenn es nicht das *De Profundis* war, und schließlich rief jemand aus dem Dunkel:

»Wenn Rembrandt in unsere Zeit zurückkehrte …«

»Wer redet da von Rembrandt? Ich sage euch, die Malerei ist tot …« Zwei Schritte von uns floss die Maas.

Irgendwo mussten Leute ein normales Leben führen, während die Diskussion am Ende eines verwahrlosten Hinterhofs immer heftiger wurde, während wir einander kürzlich irgendwo aufgelesene Zitate griechischer oder römischer Philosophen an den Kopf warfen, bis wir schließlich beschlossen, Frieden zu machen und uns unter Tränen zu umarmen.

Unaufhörlich wurden neue Flaschen aus den letzten noch geöffneten Cafés geholt. Jeder Neuankömmling sah sich sofort von besorgten Gesichtern umringt.

»Wie viel hast du bei dir?«

»Sechs Franc ...«

»Gib sie her! Wir haben nichts mehr zu trinken.«

Es wurde viel geraucht. Die Luft wurde immer dicker. Irgendjemand schluchzte ohne Grund, keiner kümmerte sich darum; ein anderer, immer derselbe, riss sich wie in einem Tobsuchtsanfall die Kleider vom Leib, hüllte sich in einen alten scharlachroten Schlafrock und schrie mit tragisch inspirierter Stimme:

»Was, glaubt ihr, würde Gottvater sagen, wenn er plötzlich hier erschiene und mich erblickte? Wohl an! Ich fordere Gottvater auf, den Mut zu haben, diese Tür aufzustoßen und sich zu zeigen ...«

Niemand lachte. Es war spät. Die Stadt schlief, und die gespannten Gesichter starrten auf diese Tür, die sich vielleicht öffnen würde.

»Gottvater, höre mich an! Glaube nicht, dass ich scherze! Ich meine es ernst! Erscheine mir! Ich bitte dich zum ersten Mal ... zum zweiten Mal ... zum dritten Mal ...« Und jemand murmelte erschauernd:

»Warum rufst du nicht den Teufel?«

»Welchen?«

Plötzlich ertönte ein Aufschrei. Der kleine K., der immer von allen die Gläser leer trank, wälzte sich auf dem Boden, zuckte, geiferte, röchelte, wand sich wie in einem epileptischen Anfall.

»Satan!«, brüllte eine Stimme. »Bist du es, der in unseren Freund K. gefahren ist, um uns deine Gegenwart zu bezeugen? Antworte, wenn du es bist …«

Der Wein war zu teuer und brauchte zu lange, um die gewünschte Wirkung zu erzielen. Auch der Schnaps war uns bald nicht mehr rasch genug, und eines Abends brachte einer von uns, dessen Freundin Verkäuferin in einer Apotheke war, eine Flasche Äther mit.

Er brachte auch seine Freundin mit, die Charlotte hieß und auf einer der Matratzen zwischen den schlaffen Leibern Platz nahm.

»… eine Jungfrau mit eitrigem Nabel umfangen …«

Derjenige, der ohne zu lachen dieses Begehren verkündete, war ein erfolgreicher zwanzigjähriger junger Maler, der auf seinen Ausstellungen alles verkaufte, was er nur wollte. Er war es auch, der um zwei Uhr früh Gottvater herausforderte, sich dann eine Stunde später auf die Knie warf und vor allen eine Beichte ablegen wollte, um sich für seinen Hochmut zu bestrafen.

Auch Deblauwe kam manchmal dazu, blieb aber immer nur ein paar Minuten, äußerte sich geringschätzig, warf einen neugierigen Blick auf Charlotte oder ein anderes Mädchen, das zufällig da war, und verschwand wieder.

Eine schwindsüchtige, ätherische sechzehnjährige Tänzerin verfehlte keine Zusammenkunft und saß stun-

denlang zitternd da, die fiebrigen und von blauen Ringen umgebenen Augen ins Leere gerichtet …

»Wer weder an das Genie noch an Gott glaubt …«

Aber waren wir nicht alle Genies? Genies allerdings, deren Magen und Nerven leider nicht sehr solide waren, sodass es in den frühen Morgenstunden zu recht kläglichen Szenen kam.

Am folgenden Tage gab es andere, nicht weniger stürmische Szenen bei den Eltern, die im Morgengrauen ihre Kinder mit roten Augen, pappigem Mund und verächtlichem Blick heimkehren sahen.

Einer unserer Freunde arbeitete bei einem Fotografen, wo er Vergrößerungen mit Reißkohle machte, was ihn nicht hinderte, am Abend zu malen und den größten Teil der Nacht im Heringsfass zu verbringen.

K., der Ärmste von uns allen, ließ sich zwei- oder dreimal in der Woche auf irgendwelchen Baustellen anheuern, wo er Ziegelsteine schleppte, Mörtel anrührte oder auf Leitern stieg.

Eines Abends ging plötzlich die Tür auf, und im Halbdunkel erschien ein langes gelbes Gesicht mit fettigem Haar, das sich über dem schmutzigen Samtkragen eines Capes kräuselte: Es war der Fakir, den man eingeladen hatte und der sich nun endlich bequemte, unserem Bitten und Drängen nachzugeben.

Es dauerte Stunden. Auf dem Tisch lag neben der Kerze ein mit vier Reißzwecken befestigtes Blatt Papier. Dieses Blatt war voller eng aneinandergereihter paralleler Striche, und zwischen zwei dieser Striche hatte er ein Streichholz gelegt. Dies waren die einzigen Hilfsmit-

tel, offenbar dazu angetan, unsere Nerven so zu strapazieren, dass wir heftiges Herzpochen verspüren, außer Atem geraten, hysterische Schreie ausstoßen und zum Schluss so erschöpft sein sollten, als hätten wir an der schlimmsten Orgie teilgenommen.

Wir waren zu sechst, vielleicht auch zu acht ...

»Es ist noch zu hell«, sagte der Fakir, und seine Stimme war so ölig wie seine Haut und sein Levantinerhaar.

Er überragte uns um Haupteslänge, und immer wieder wanderte seine Hand unter die Schöße seines Capes und holte eine Prise weißen Pulvers aus der Hosentasche.

Die Kerze wurde ans andere Ende des Zimmers gestellt, sodass man die Bleistiftstriche kaum mehr erkennen konnte.

»Konzentriert euch ganz auf dieses Streichholz! Jeder fasse die Hände seiner beiden Nachbarn. Ihr werdet sehen, wie dieses Stückchen Holz sich bewegt, in ein anderes Feld rückt ... Achtung! Keiner rührt sich ...«

Die Bleistiftstriche tanzten uns vor den Augen, und ich weiß bis heute nicht, ob das Streichholz sich bewegt hat. Nach Stunden angestrengten Starrens waren unsere Nerven so zum Zerreißen gespannt, dass die anschließende Diskussion, ob das Streichholz sich nun bewegt hatte oder nicht, in eine Schlägerei ausartete.

»Sehr gut! Da ihr an mir zweifelt, werde ich einen von euch in Katalepsie versetzen ...«

Er wählte den kleinen K., der zuerst unwillkürlich zurückschreckte. Gelang ihm sein Versuch? Auch das

bezweifle ich, aber in den frühen Morgenstunden war unser Freund aschfahl, und seine Lippen zitterten.

»Morgen … In ein paar Tagen … Ich muss mich noch an das Medium gewöhnen.«

Damals schien es keinen von uns zu interessieren, dass man auch in einem Fluss baden oder auf einer Wiese herumtollen konnte! Es fiel auch keinem ein, sich ganz schlicht zu verlieben!

Gewiss, es gab da ein paar Mädchen: Charlotte, die dumme, sanftmütige kleine Apothekerhelferin, die nicht mehr lange leben sollte, sowie ein, zwei andere, und diese genügten uns allen.

»… eine Jungfrau mit eitrigem Nabel …«

Und Charlotte musste sich sagen lassen:

»Du bist hässlich und blöde! Du stinkst. Ich verachte dich, aber ich brauche eine Frau, wenn du mich auch danach nur noch mehr anwidern wirst …«

Und Charlotte willigte ein, denn sie sah ihr Dasein verschwommen mit neuen Rembrandts und Villons verbunden.

Bei diesem trübseligen und gleichgültigen Geschöpf holten sich alle die gleichen Filzläuse und dieselbe Krankheit, die zum Glück nicht sehr bösartig war.

Trieben wir es damals nicht ähnlich wie jener Hyacinthe Danse, der in seinem Hinterzimmer den *Grand Albert* und alle Bücher über Magie verschlang und der dann seine Geliebte im Puff besuchte? Mit dem einzigen Unterschied vielleicht, dass wir es wirklich ehrlich meinten!

Während einige von uns nach den Nächten im »Fass« nach Hause an einen reich gedeckten Tisch, in eine

gewisse Hygiene und eine beruhigende Atmosphäre zurückkehren konnten, so erwarteten die ärmeren leider nur ein schäbiges möbliertes Zimmer, ein trunksüchtiger Vater, Einsamkeit und unregelmäßige Mahlzeiten.

Der Fakir hatte versprochen, uns K. im kataleptischen Zustand vorzuführen, und er hielt Wort, wenn auch erst einige Tage später. Bis dahin hatte er den kleinen K. in seinem Hotel einquartiert, einer unwahrscheinlichen Absteige, in der nur finstere Gestalten aus dem Zirkus und den Varietés verkehrten.

Als sie in das »Fass« zurückkehrten, war K. blasser denn je und folgte dem Fakir wie ein Automat.

»Schlafen Sie, ich befehle es!«

Es dauerte nicht lange. Nach einigen Krämpfen war der Junge steif wie ein Brett, und als man ihn auf zwei Stühle legte, sodass sein Kopf und die Füße kaum die Stuhlränder berührten, ertrug er mühelos das Gewicht dreier von uns.

»K., sagen Sie uns jetzt, was Sie sehen … Ich will, dass Sie sich auf die Suche nach Ihrer Mutter machen … Finden Sie sie?«

Wir zitterten und hielten den Atem an, denn wir wussten alle, dass die Mutter des kleinen K. im Elend gestorben war und dass die Erinnerung an sie schrecklich für ihn sein musste.

Und dann hörten wir seine veränderte, ganz teilnahmslose Stimme:

»Ich sehe sie … Aber sie scheint mich nicht wiederzuerkennen …«

»Was macht sie?«

»Ich weiß nicht … Sie hält ein kleines Stück Papier in der Hand … Sie spricht mit jemandem … Warten Sie …«

Da plötzlich schlug K. um sich, brüllte, geiferte, und als er endlich die Augen öffnete, blieb er lange still, ohne uns zu erkennen, fragte schließlich mit einem schüchternen Lächeln:

»Was ist geschehen?«

Wir fanden es erst nach ein paar Tagen heraus: Der Fakir stopfte ihn mit Kokain voll, und K. war ihm von früh bis spät auf den Fersen.

Unsere armseligen philosophischen Diskussionen, die Anrufungen Gottes, der sich nicht zu zeigen geruhte, hatten ihren Reiz verloren. Wir hatten K., und wir hatten den Fakir. Wir waren so stolz darauf, dass wir eines Tages die Studenten einluden, unseren Experimenten beizuwohnen.

Es war am Abend vor Weihnachten. Darum waren unsere Trinkvorräte reichlicher als gewöhnlich, und die Studenten hatten Schnaps mitgebracht. In einem Raum, der höchstens für zwanzig Personen ausreichte, saßen wir vielleicht zu fünfzigst, betranken uns rasch. Die einen übergaben sich, andere deklamierten, brüllten oder jammerten, und alle drängten sich um einen unserer Freunde, einen eitlen Geck, der sich einen Smoking angezogen hatte und dessen steifes Hemd wie ein provozierender Fleck leuchtete.

»Die Künste empfangen heute die Wissenschaft …«

Und es gab feuchte Küsse, Flaschen, deren Hälse man am Tisch zerschlug, Stimmen, die fragten:

»Wo kann man hier pissen?«

»Wo du willst, alter Freund ... Zum Beispiel in diesen Totenschädel! Oder an die Wand ...«

Das tat man dann auch, während der Fakir wieder einmal seine Macht über K. ausprobierte, der sogleich in Katalepsie verfiel.

Ich weiß weder, welche Visionen er in jener Nacht hatte, noch welche Worte er bei solchen Gelegenheiten mit seiner wie »körperlosen« Stimme sprach. Es waren zu viele Leute da. Jemand packte mich bei den Schultern und schwor, es sei die schönste Nacht seines Lebens, ein anderer flehte mich an, ihm ein Glas Wasser zu beschaffen. Man redete von Dante und Schopenhauer, über Plato und Rembrandt, während einige Studenten, die ganz entschieden hinter der Zeit nachhinkten, immer wieder im Chor *Les Moines de Saint-Bernardin* anstimmten.

Es wäre zu schön, wenn ich jetzt sagen könnte, Danse sei dagewesen. Aber er war nicht da. Nur wir, die Freunde des kleinen K., der Fakir und die Studenten als Statisten im Hintergrund.

Traditionsgemäß geht man in Lüttich am Heiligabend ins Marionettentheater, das in einer Gasse in einem Arbeiterviertel liegt. Alle gingen hin. Es regnete. Schubweise trat man in den engen Raum, drängte und drückte sich zwischen anderen Nachtbummlern, während der Spielvorführer mit weinerlicher Stimme seine Version der Weihnachtsgeschichte erzählte. Danach irrten wir in den Gassen umher, stolperten über Bordsteine und fielen der Länge nach in die Pfützen.

»Wer wird ihn tragen? Er ist wirklich krank ...«

K. lag am Boden, steif wie ich am Abend meines ers-

ten Rauschs. Sie hievten ihn mir auf die Schultern. Er hatte einen Schuh verloren, seine Socke war pitschnass und sein Fuß schmutzig. Er kam mir viel zu leicht vor, und jemand ging hinter mir her und hielt seinen Kopf.

»Wo wohnt er?«

Es stellte sich heraus, dass keiner von uns K.s Adresse wusste. Er war unser Freund und verbrachte seine ganze Freizeit mit uns, aber sonst wussten wir nichts von ihm.

»Sein Vater wohnt etwas außerhalb … Aber er muss hier in der Nähe ein Zimmer haben …«

Jemand nannte eine Adresse, die nicht die richtige war, und wir weckten unnötigerweise brave Leute aus dem Schlaf. Wir mussten es anderswo versuchen, marschierten im Regen, den muffigen Nachgeschmack des Alkohols und der Trinklieder noch auf der Zunge, und K. hing immer noch über meiner Schulter.

»Ich glaube, hier ist es …«

Es war nebenan, aber wir kramten umsonst nach einem Schlüssel in K.s Taschen. Wir fanden nur ein schmutziges Taschentuch, zwei Bleistiftstummel und ein bisschen Kleingeld.

Eine dicke Frau empfing uns im Hemd oben auf der Treppe.

»Den könnt ihr gleich wieder mitnehmen …«

»Warum?«

»Weil ich ihn hier nicht mehr sehen will. Und überhaupt … Wieso ist er acht Tage lang weggeblieben?«

Woher sollte ich das wissen! Wahrscheinlich hatte er beim Fakir geschlafen.

»Na schön! Legt ihn nur in sein Zimmer. Aber nicht aufs Bett; sonst macht er noch alles schmutzig ...«

Elektrisches Licht gab es nicht. Ich zündete eine Petroleumlampe an und sah auf einer Staffelei ein seltsames, unfertiges Bild; einen fahlen Himmel, eine Kirchturmspitze, einen öden Platz ...

»Findest du nicht, wir sollten lieber einen Arzt holen?«

»Er schläft ... Jetzt fängt er sogar an zu schnarchen.«

Niemand wusste, wohin der Fakir verschwunden war. Wir stießen wieder zu den andern, aber es gab nichts mehr zu trinken. So irrten wir weiter in den Straßen herum, grölten ab und zu halbherzig ein Lied.

Einige unserer Gefährten dieser Nacht sind wahrscheinlich jetzt Ärzte, Rechtsanwälte oder hohe Beamte.

Als ich am nächsten Tag bei meiner Zeitung erschien, fand ich unter den Polizeiberichten, die uns jeden Morgen zugestellt wurden, folgende Notiz:

»In den frühen Morgenstunden entdeckte man die Leiche eines jungen Mannes namens K., zwanzig Jahre alt, ohne Beruf, der sich am Tor der Kirche von Saint-Pholien erhängt hat ...«

Wenig später fand ich mich mit Deblauwe, der wie ich die Rubrik »Unglücksfälle und Verbrechen« betreute, auf dem Hauptkommissariat ein.

»Ihr seid doch wirklich Idioten!«, sagte er achselzuckend zu mir. »Ihr kriegt noch mal großen Ärger, wenn ihr so weitermacht ...«

Um welche Zeit war K. aufgewacht? Und auf was für Gedanken mochte er in seinem Zustand gekommen sein? Es fehlte ihm ein Schuh, und seine Socken waren

völlig durchnässt. Vermutlich hatte er seit Wochen kein Bad mehr genommen.

Niemand, nicht einmal die Zimmerwirtin, hatte ihn gehört, als er wie eine Ratte hinausgeschlichen war, und draußen, wo der Tag noch nicht angebrochen war, hatte ihn ebenfalls keiner gesehen.

Die Kirche lag etwa hundert Meter vom Heringsfass entfernt … Der Fakir schlief wohl wie üblich in seinem Hotel …

Eine der ersten Personen, die ich wiedersah, war Charlotte, der man vor allem am Abend begegnete und die man dann ins Heringsfass mitnehmen konnte, zu dem sie in Voraussicht ihrer Art von Dienstleistungen einen Schlüssel besaß.

»Ist es wahr, was man von K. erzählt?«

»Es ist wahr.«

»Der arme Kerl!«

Ich versuchte zu erfahren, ob auch er die Gefälligkeiten Charlottes in Anspruch genommen hatte, aber sie schüttelte den Kopf.

»Nie! Ich glaube, er hat auch keine andere angerührt. Für so etwas interessierte er sich nicht …«

Bei Gott! Er kam von viel weiter her als wir alle, aus dem Dreck eines elenden Vorstadtschuppens, wo seine Mutter von einem Säufer verprügelt wurde, bis sie eines schönen Morgens halbtot im Krankenhaus und danach auf dem Friedhof landete.

Wer hatte ihn zum Malen angeregt? Durch welches Wunder war er uns begegnet? Und warum hatte er mit all seiner Kraft, mit all seiner Besessenheit geglaubt …

Woran geglaubt? Das weiß ich nicht. An alles, was

wir ihm erzählten – und wir erzählten allerhand! Unsere Geistergeschichten, alles, was wir ihm von Plato und Verlaine erzählten, von Gott und der Hypnose …

War es unsere Schuld? Nein, wir waren nicht schuldig, oder besser gesagt, wir hatten ohne Vorbedacht, ja sogar in Unwissenheit gehandelt. Wir wussten nichts! Es hätte ebenso gut Danse passieren können, der damals bereits ein Mann war, oder Deblauwe, auch wenn er mehr Erfahrung hatte als wir.

Aber da war einer, der sich nicht getäuscht hatte, ein Mann, der eines Abends geheimnisvoll und zynisch in seinem Cape mit Samtkragen im Heringsfass erschienen war und uns alle mit seinem durchdringenden, abwägenden Blick gemustert hatte.

Ohne lange zu zögern, war seine Wahl sofort auf K. gefallen! Und er wusste aus Erfahrung, mit welchen Mitteln man sich einen armen kränklichen Jungen zu Willen machte!

Er vergaß nichts, weder die Mutter heraufzubeschwören, noch das Kokain, das in solchen Fällen viel eher wirkt als der Alkohol oder sogar unser Äther.

Zwei- oder dreimal hatte er K. in den Roten Esel bestellt und ihn einem sehr beeindruckten Publikum vorgeführt. Wer weiß, vielleicht hätte der Junge, wäre er nur ein bisschen robuster gewesen, einige Monate eine gute Nummer im Varieté oder im Kabarett abgegeben …

Wir sahen den Fakir noch hin und wieder, wie er an den Wänden entlangschlich und sofort umkehrte, wenn er einen von uns sah.

Einige Tage danach, wir saßen im Heringsfass, sprang einer plötzlich auf und rief mit rollenden Augen:

»Wer hat Äther hierhergebracht? … Heraus mit der Sprache … Sonst wird er ausgeschlossen …«

Auf einmal erschien uns der Äther wie ein Verbrechen, und ein armer Kerl, der sich ernsthaft daran gewöhnt hatte, wurde tatsächlich ausgeschlossen, aus dem Kreise der Menschen verbannt, *mit denen man spricht.*

Etwa um die gleiche Zeit gestand uns ein achtzehnjähriger Graphiker, der im Roten Esel eine fünfzigjährige Sängerin aufgelesen hatte, unter Tränen:

»Ach, wenn du wüsstest, was mir passiert ist. Du würdest es nicht glauben. Stell dir vor … Ich habe geschlafen, und als ich aufwache, sehe ich sie am Fenster sitzen und meine Socken stopfen … Du kannst dir denken, dass es danach fürs Leben ist … Meine Socken stopfen! … Sie! … Eine Frau!«

Der arme Junge hatte seine Mutter kaum gekannt.

Und ein anderer, der die reizlosen Umarmungen Charlottes nicht verschmähte, hielt uns eines Abends einen langen Vortrag über die griechische Bildhauerkunst.

»Habt ihr je ein Werk des Phidias gesehen, das mit lächerlichem Körperhaar bedeckt ist? Eben nicht, stimmt's? Warum sollten wir uns da nicht auch im Namen der Schönheit das lästige Haar abrasieren?«

»Hast du das getan?«

»Ja, heute früh im Bad.«

Aber ein paar Stunden später war er betrunken und gestand:

»Ich bin ein Lügner, ein ganz gemeiner Lügner! Es

war nicht wegen der griechischen Statuen ... Es war wegen diesem Miststück Charlotte, die uns allen ...«

Wenn ich das alles erzähle, so nur, um zu zeigen, dass wir damals erst siebzehn und höchstens vierundzwanzig Jahre alt waren.

Danse beschäftigte sich im Hinterzimmer seines Ladens ebenfalls mit Magie, wenn auch auf andere Art.

Und eines Morgens – ich war gerade beim Rasieren, obschon mein Kinn es eigentlich nicht nötig hatte – erschien Deblauwe bei mir, selbstsicher wie immer. Er wollte weder über K. noch über den Fakir sprechen, und auch nicht über Rembrandt oder Plato.

»Zieh dich schnell an und komm mit! Heute machen wir unser Glück!«

Meiner Mutter, die nichts von alledem mitbekommen hatte, war dieser Besuch zur Unzeit trotzdem unheimlich.

4

Vor einigen Wochen, weit weg von Lüttich und unserer Jugend, wurde die Aufmerksamkeit der Polizei in Nantes durch einen anonymen Brief auf seltsame Vorgänge gelenkt, die sich dort in einem Keller abspielten. Die Zeitungen erwähnten es nur knapp, und ich nehme an, die meisten Leute haben die Schultern gezuckt und es als Kinderei abgetan. Doch ich ließ mir keine Einzelheit entgehen.

Da war zunächst der Name der Straße, Rue de la Fosse, der mich an unseren Hof hinter der Kirche von Saint-Pholien erinnerte.

Und dann das Schauspiel, worüber die Polizei sich angeblich so gewundert hat und das mich gar nicht überraschte: drei vermummte junge Leute, die, als die Polizei in den bewussten Keller eindrang, einträchtig einen siebenarmigen Leuchter umstanden.

Zwanzig Jahre nach uns berauschten sich junge Leute also immer noch an mysteriösen Riten, an ziemlich grob gekünstelten zwar, die dank schlechter Beleuchtung und der Vermummung schaurig wirken sollten. Diskutierten auch sie über Dante und Schopenhauer, über Wischnu und Jesus Christus, den wir unter uns schlicht den Christen nannten?

Wie wir damals hatten sie eine Art Diwan an die Wand gestellt und auch wie wir das Bedürfnis verspürt,

der Szenerie eine erotische Note hinzuzufügen, während ein Totenschädel die unerlässliche makabre Atmosphäre schuf.

»Unterzeichnete, Abkömmlinge Adams und Evas, haben heute, nach Überwindung zahlreicher Schwierigkeiten, den Klan der Anonymen gegründet.«

In einem unterscheiden sie sich immerhin von uns: Die Mitglieder müssen zwischen fünfzehn und achtzehn Jahre alt sein. Sie sind also drei bis vier Jahre jünger.

Und was werden sie in ihrem Keller tun? Werden sie *Les Moines de Saint-Bernardin* singen oder irgendeinen Fakir bitten, sie in Katalepsie zu versetzen?

Sie sind wie wir zum größten Teil Schüler einer Kunstakademie. Ich bin gespannt darauf zu erfahren, was sie geleistet haben, was sie sich erträumen.

Die Zeitungen berichteten weiter: Angeregt durch ein Groschenheft namens *Die Nickelfüße bei den Gangstern* sahnen sie seit einigen Monaten die Stadt ab, leeren die Opferstöcke in den Kirchen mit Leimruten, plündern die Läden.

Das geschah wie gesagt vor drei Monaten. Natürlich haben die Erwachsenen nichts verstanden, und alles endete schließlich in einer lauen Moralpredigt.

Vor ein paar Tagen waren nun aber drei Mitglieder des Klans der Anonymen, nachdem sie sich mit einigen Aperitifs Mut angetrunken hatten, in ein Juweliergeschäft eingedrungen und hatten die Ladenbesitzerin und ihren Mann niedergeschlagen. Der Anstifter dieses Verbrechens war der Sohn der Juwelierin.

Und wir, damals im Heringsfass, hatten wir da nicht den kleinen K. umgebracht?

Ich weiß noch, es war an einem Frühlingsmorgen, und eine bleiche Sonne schien, als Deblauwe mich besuchte und mich in seinen Plan einweihte, wie wir unser Vermögen machen würden; ich weiß es so sicher wie, dass es Heiligabend regnete; ich weiß es, weil ich mich an dem Morgen rasiert und mir eine farbige Krawatte umgebunden hatte.

Solche Äußerlichkeiten waren damals enorm wichtig. So trug zum Beispiel unser damaliger Leithammel während Wochen einen dubiosen Sombrero und eine breite Halsbinde über einem schmuddeligen Hemd.

Die »mystische Periode« halt, in der man sich kaum wäscht, sich einen Bart wachsen lässt und in der das Haar in wirren Strähnen herabhängt; wir genossen es, schmutzig zu sein, zitierten den heiligen Franz von Assisi, riefen »unsere Schwester, Frau Luna« an und »unseren Bruder, das Pferd«, und wären unsere Bärte lang genug gewesen, hatten wir in ihnen Ungeziefer gezüchtet wie weiland der große Heilige, um in vollkommenster Harmonie mit Gottes Kreatur zu leben.

Es war die Zeit der Saufgelage, der Ekstasen, des schwindelerregenden Lyrismus.

Und dann plötzlich, nur weil ein schräger Sonnenstrahl uns morgens aus dem Bett kitzelte und weil die Luft nach Frühling roch, verspürte einer von uns dann doch das Bedürfnis, sich zu säubern.

Deblauwe sah mir an dem Morgen dabei zu. Am Vorabend hätte ich ihm nicht einmal zugehört, denn da schrieb ich gerade ein Gedicht über die Einsamkeit:

»Der melancholische Glockenturm …

Der Glockenturm ist ganz allein, beneidet die be-

scheidenen Häuser, die sich dicht an dicht zu seinen Füßen drängen ...«

Nun aber war Deblauwe da, um mit mir über Geschäfte zu reden, und ich hörte ihm zu, weil ich mich gerade rasiert hatte, mir die Fingernägel feilte und in Unterhosen dastand, während meine Mutter meine völlig zerknitterte Hose bügeln durfte.

»Verstehst du? Wir gehen jetzt zu ihm. Er stellt das Geld zur Verfügung, und wir beide machen die Zeitung ...«

Donnerwetter! An einem solchen Morgen verleugnete ich Dante, Schopenhauer und sogar Rembrandt und Shakespeare, verleugnete das Heringsfass und alle Fakire des Orients. Ich musste so sauber und blank wie der wolkenlose Himmel sein, schritt, mich in den Hüften wiegend, dahin und betrachtete mich selbstgefällig in den widerspiegelnden Scheiben der Schaufenster.

So ging es übrigens all unseren Freunden! Wenn man im Laufe einer »Sauberkeitskrise« einem begegnete, der noch nicht im Bilde war und von der Kirche von Saint-Pholien redete, schaute man ihn peinlich berührt an.

»... Ach ja ... Vielleicht ein andermal ...«

Und ein oder zwei arme Kerle, die immer noch nichts begriffen hatten, hockten dann ein paar Tage ganz allein inmitten der Kerzen und Totenschädel.

Auf den ersten Blick scheint diese Dualität recht amüsant. Noch jetzt lächle ich darüber, aber wenn ich es mir überlege, sehe ich, dass es die ewige Geschichte des Doktor Jekyll und Mr. Hyde war, die wir da in uns auszufechten hatten.

So musste der kleine K. sterben, weil er keine Zeit hatte, sich zu waschen … Und so mancher andere, der auch nie Zeit dazu hatte, ist sein Leben lang in der Phase der langen Bärte und des deklamatorischen Suffs geblieben. Andere hielten es abwechselnd mal so und mal anders. Deblauwe zum Beispiel, der eines Tages einen Mord beging, als er einen alten, für zwanzig Franc auf dem Flohmarkt erworbenen Regenmantel trug und sich seit Wochen nicht rasiert hatte …

Oder Hyacinthe Danse, der sich, den fetten und ungepflegten Leib in einen schmierigen Schlafrock gehüllt, in seinen letzten Monaten so intensiv mit der schwarzen Magie beschäftigt hatte …

Selbst die Straßen schienen ihre Morgentoilette gemacht zu haben, als Deblauwe und ich in ein breit angelegtes Wohnviertel mit ein- oder zweistöckigen Häusern gelangten, deren Fenster Grünpflanzen und gestickte Gardinen schmückten.

Hie und da schrubbte eine Frau ihr Stück Gehsteig und seifte den Quaderstein der Schwelle mit der Scheuerbürste ein. Ein Polizist ging von Haus zu Haus und ermahnte jene, die es versäumt hatten, das Unkraut zwischen den Pflastersteinen zu jäten. Das war etwas, das ich während meiner ganzen Kindheit auf dem Straßenstück vor unserem Haus getan hatte, und ich höre noch heute das Knirschen des Messers auf dem Kopfsteinpflaster …

Es war ein unvergleichlich ruhiges und ordentliches Stadtviertel mit den von Tür zu Tür ziehenden Händlern, der eine seinen Karren mit Gemüse schiebend, der

andere seinen mit Kohlen, dem Milchmann, der sich mit einer besonderen Trompete ankündigte, und der Bäuerin, die lauthals ihre gekochten Birnen feilbot.

Wenn ich bedenke, dass wir wochenlang in unserem Heringsfass und unseren stolzen Träumereien nichts von alledem mitbekommen hatten, weder die Knospen an den Bäumen der Parkanlage noch die hübschen Mädchen mit den hellen Schürzen und den blauen oder roten Pantoffeln, die, den Haarknoten mit einer Hand festhaltend, zum Fleischer an der Ecke liefen! ...

Deblauwe klingelte an der Tür eines besonders behaglichen Hauses, das ich gut kannte, weil es einen fragwürdigen Ruf genoss. Es wurde von zwei Schwestern geführt, zwei ziemlich attraktiven Frauen, vor allem die eine mit ihrem langen braunen Haar, ihren weißen und feinen Rundungen und weichen Brüsten, die ihr Morgenrock kaum verhüllte.

Meine Mutter pflegte zu sagen: »Es ist ein ›schlechtes Haus‹.«

Schlecht, weil man dort möblierte Zimmer an reiche Studenten vermietete. Gewiss, in diesem ganzen Viertel wurden Zimmer an Studenten vermietet, aber es gab zwei Arten von Häusern: die, in denen die Untermieter keinen Damenbesuch empfangen durften, und die, wo Mädchen sogenannten »freien Zutritt« hatten.

Dort, wo wir jetzt klingelten, war der Zutritt frei, sehr frei sogar, und bis spät in die Nacht drang Licht aus den Fenstern und Musik durch die Tür.

Man führte uns in ein geräumiges Appartement, in dem es nach Eau de Cologne roch, und vom ersten Blick an fasste ich Fuß in einer neuen Welt.

Es begann schon mit dieser Frau im seidenen Morgenrock, die uns hereingeführt hatte und bei jedem Schritt viel Bein bis weit über dem Strumpf zeigte.

Sie war stark parfümiert und rauchte, und ihre Lippen hinterließen einen roten Halbmond auf dem Filter der Zigarette …

»Bitte nehmen Sie Platz … Ich werde melden, dass Sie da sind …«

Was mich erregte, war nicht so sehr eine Einzelheit, sondern vielmehr die ganze Atmosphäre. Das Zimmer, zum Beispiel, war nicht so eingerichtet wie bei mir zu Hause oder bei meinen Freunden. Die Möbel waren aus hell lackiertem Holz, und auf dem ungemachten Bett thronte ein zartrosa Daunenduvet. Auf dem Nachttisch stand ein Tablett mit den Resten des Frühstücks.

Durch die halboffene Badezimmertür rief eine Männerstimme mit starkem östlichem Akzent:

»Sind Sie es, Monsieur Deblauwe? … Eine Minute … Nehmen Sie sich von den Zigaretten auf dem Tisch …«

Man hörte Geplätscher.

»Lola, bringen Sie mir meinen Bademantel!«, fuhr die Stimme fort.

Völlig unbefangen trat die Frau ins Badezimmer, und ich sah sie zur Wanne blicken, in der dieser nackte Mann saß …

Deblauwe zwinkerte mir zu, griff in die Zigarettenschachtel auf dem Tisch: Es mussten sehr teure Zigaretten sein, denn ich kannte nicht einmal die Marke.

»So … Entschuldigt bitte, aber ich bin ziemlich spät zu Bett gegangen …«

Ich fand ihn einfach herrlich! Von einer herrlichen Gelassenheit und so ungekünstelt! Er war noch nass, und sein schwarzes Haar kräuselte sich dicht. Ohne Scham, doch keineswegs schamlos, trat er auf uns zu, während er seine behaarte Brust mit dem geblümten Bademantel trockenrieb.

»Sehr erfreut ... Bitte setzen Sie sich ... Lola! Bringen Sie uns etwas zu trinken ...«

Er war Rumäne, zwischen fünfunddreißig und vierzig, gutaussehend, obschon er etwas in die Breite ging, und er lispelte, doch in meinen Augen war er einfach wunderbar. Wie er da halbnackt in dem unaufgeräumten Zimmer stand und sich von dieser Frau im Negligé bedienen ließ, erschien er mir wie ein Prinz aus dem Morgenland und ein wahrer Grandseigneur.

Nabob, so fand ich, hätte als Name gut zu ihm gepasst ... Am Finger trug er einen Ring mit einem riesigen gelben Diamanten ...

»Gestatten Sie?«

Etwa fünfzehn Briefe lagen auf einem Tablett, und er überflog sie nachlässig, während er sich seine erste Zigarette mit einem goldenen Feuerzeug anzündete.

»Nichts von Interesse ... Was trinken Sie? ... Ein Glas Champagner? ... Einen Wermut? ...«

Es war kein Bluff. Eine Flasche Champagner stand in einem Eiskübel bereit, und unser Rumäne erklärte:

»Das brauche ich am Morgen, um mir den Mund zu spülen ... Also, Monsieur Deblauwe? ...«

So muss sich das Leben in einem Palast abspielen, stellte ich mir vor, in wollüstiger Nachlässigkeit, in einer eleganten Unordnung, und ich bewunderte alles

rückhaltlos, einschließlich der Sandalen aus rotem Chevreauleder, die unser Gastgeber trug.

»Mein Freund und ich«, sagte unterdessen Deblauwe, »sind bereit, gemäß Ihrem Vorschlag die Redaktion der Zeitung zu übernehmen …«

Ich war noch nicht siebzehneinhalb Jahre alt, und in meinen eleganzbeflissenen und antimystischen Perioden trug ich einen steifen Eckenkragen und Manschetten aus Zelluloid; darüber hinaus fand ich es unerlässlich, meine Schuhe mit mausgrauen Gamaschen zu schmücken.

Es war alles oder nichts! Ein paar Wochen davor hatte ich mir den Schädel kahl scheren lassen, um dem Dämon der Eitelkeit mit Sicherheit zu entgehen; jetzt gelang es mir mit Hilfe von Pomade, so etwas wie einen Scheitel durch mein viel zu kurzes Haar zu ziehen, und während ich dem Rumänen lauschte, gelobte ich mir, mich wie er mit russischem Eau de Cologne zu parfümieren und eines Tages ebenfalls einen gelben, in Platin gefassten Diamanten am Finger zu tragen.

»Haben Sie schon einen Namen für die Zeitung?«

Es handelte sich natürlich um eine satirische Zeitung, in der wir die Lütticher ordentlich aufs Korn nehmen würden. Ich war ein Humorist, darüber gab es nicht den geringsten Zweifel, vor allem seit meine Zeitung mich beauftragt hatte, eine tägliche Glosse zu schreiben. Nichts Lächerliches entging mir, außer vielleicht mein Eckenkragen, meine breite Krawatte und meine grauen Gamaschen.

»Die Geißel?«, schlug ich schüchtern vor.

»Ich glaube, das gibt es bereits«, wandte Deblauwe ein, der immerhin etwas mehr Erfahrung hatte als ich.

»Dann vielleicht *Die Reitpeitsche*?«

Das gefiel meinem Rumänen, der sicher gern hoch zu Ross durch die Straßen trabte.

»Wir sollten lieber einen Namen von lokaler Bedeutung wählen«, riet Deblauwe. »*La Légia? La Cité ardente? Der tapfre Lütticher*?«

Inzwischen tranken wir Champagner, und Lola, die auf dem Bettrand saß und zuhörte, hatte die Beine übereinandergeschlagen und ließ dabei zehn Zentimeter nackte Haut unter dem Strumpfband sehen.

Man stelle sich vor, dass der Rumäne den ganzen Tag lang einen solchen Anblick genoss!

»Warum nicht *Nanesse*?«

Eine Gestalt aus der Lütticher Sagenwelt, ein zänkisches Klatschweib, das meist mit einem rächenden Besen in der Hand dargestellt wird.

Nachdem der Name gewählt war, zog Deblauwe zahlreiche Dokumente aus seiner Mappe, zitierte Zahlen und rechnete uns Gewicht und Preis des Papiers und die Satzkosten vor, erläuterte die Remissionsbedingungen für die unverkauften Exemplare, während unser Geldgeber zerstreut zuhörte und sich die Nägel feilte.

»Wie viel?«

»Vier Ausgaben sollten mindestens gedeckt sein …«

»Wie viel?«

»Wenn wir mit einer Auflage von zehntausend rechnen, die bestimmt erhöht wird …«

»Lola! Geben Sie mir mein Scheckbuch.«

Der erste Scheck, den ich jemanden unterschreiben

sah! Es war fast, als ob dieser Mann einen Geldschein fabriziert hätte!

»Hier sind erst einmal zwanzigtausend Franc … Für den Rest kommen Sie dann später wieder zu mir …«

Deblauwe kassierte, ohne mit der Wimper zu zucken, als hätte er sein ganzes Leben nichts anderes getan.

»Natürlich können Sie schreiben, was Sie wollen, das steht Ihnen frei. Aber es wäre mir lieb, wenn Sie die Politik aus dem Spiel ließen …«

»Keine Politik!«, beteuerte Deblauwe.

»Keine Politik!«, schwor ich.

»Mein Name darf auf gar keinen Fall erwähnt werden. Sie sind die beiden Direktoren. Das genügt. Ich mache das nur zu meinem Vergnügen. Wenn herauskommt, dass ich eine Zeitung herausgebe, könnte die rumänische Regierung wer weiß welchen Verdacht schöpfen …«

Das Erstaunlichste ist, dass ich mich noch nicht gefragt hatte, warum dieser Mann, der angeblich einer der größten Anwälte in seinem Land war, ausgerechnet in einem möblierten Appartement in Lüttich wohnte und warum er uns zwanzigtausend Franc gab, um eine satirische Zeitung zu gründen.

Er war eben ein Mäzen, Punkt, Schluss! Ein Typ, der es sich leisten konnte, einem um elf Uhr morgens nach seinem Bad *Cordon Rouge* anzubieten und mir nichts dir nichts einen Scheck zu unterschreiben.

»Ach, übrigens … ich werde vielleicht hie und da auch einmal einen kleinen Artikel schreiben …«

»Das ist doch nur natürlich! So viel Sie wollen …«

»Es wird nur selten sein … Immerhin schweben mir

bereits zwei oder drei Themen vor ... Ich werde allerdings nicht unterzeichnen ...«

»Ganz wie Sie wünschen ...«

Ich konnte kaum noch an mich halten, träumte nur noch von zwei Dingen: den Scheck auf der Bank einlösen und ein Büro mieten, um dort die Redaktion der *Nanesse* einzurichten.

»Sie müssten auch Illustrationen bringen ...«

»Kein Problem«, erklärte Deblauwe. »Ich habe bereits den besten Karikaturisten von Lüttich verpflichtet ...«

Als wir dieses *Tausend-und-eine-Nacht*-Zimmer verließen, war ich zwar nicht betrunken, verspürte jedoch ein leichtes Schwindelgefühl. Kaum hatten wir fünf Schritte getan, da ließ ich meiner Begeisterung freien Lauf, während Deblauwe ungerührt, die Hände in den Hosentaschen, den Spazierstock emporgereckt, mir zuflüsterte:

»Pass auf, er beobachtet uns vielleicht durchs Fenster.«

Aber klar. Wir durften diesen Mann doch nicht merken lassen, dass er der Gelackmeierte war, dass er uns diese zwanzigtausend Franc sozusagen geschenkt hatte, für einen Pappenstiel – es war ein Jux, den er sich mit dieser satirischen Zeitschrift leistete, für die er vielleicht von Zeit zu Zeit einen Artikel beisteuern würde.

Erst als wir um die Ecke gebogen waren, durfte ich endlich nach Herzenslust Luftsprünge machen.

»Eigentlich wollte ich ihn nur um zehntausend bitten«, gestand Deblauwe. »In vierzehn Tagen können

wir erscheinen. Du kannst schon anfangen, etwa dreißig Glossen zu schreiben.«

»Worüber?«

»Egal was, spielt keine Rolle.«

Der Scheck war gedeckt, aber die Geldscheine, die man uns dafür gab, sah ich kaum, denn Deblauwe bestimmte, er würde die Kasse führen.

Was mich betraf, so sollte ich vorläufig, bis wir Gewinn machten, dreißig Centime pro Zeile erhalten, das Doppelte von dem, was meine Zeitung mir zahlte.

Mit anderen Worten, ich konnte, da vier Seiten zu füllen waren, diese buchstäblich und umgehend zu Geld machen. Das musste ich sofort ausprobieren. Ich ging ins nächste Café und bestellte Papier und ein Bier. Eine Viertelstunde später hatte ich hundert Zeilen geschrieben. Dreißig Franc.

Dreißig Franc in fünfzehn Minuten macht hundertzwanzig Franc die Stunde. Gelassen verkündete ich meinen Freunden:

»Ich mache jetzt hundertzwanzig Franc die Stunde.«

Ganz zu schweigen von meiner Gewinnbeteiligung. Und da gab es noch junge Leute, die ihre Abende im Heringsfass bei idiotischen Diskussionen und schlechtem Fusel verbrachten!

Ich dagegen lieferte am folgenden Tag meine dreißig Glossen nebst einer humoristischen Erzählung bei Deblauwe ab, und er, wie ein wahrer Grandseigneur, bezahlte alles auf Heller und Pfennig, denn er hatte noch einen Teil der zwanzigtausend Franc in der Tasche.

Ganz nebenbei sagte ich zu meinem Kollegen von der Lütticher Presse:

»Wenn Sie mal eine lustige Idee für einen Artikel haben, sagen Sie es mir. Ich zahle dreißig Centime die Zeile ...«

Und ich kaufte mir einen steifen Hut, eine Melone. Ich hatte noch nie eine Melone getragen, aber ich fand, dass sie zu meiner neuen Würde und meinen Gamaschen passte. Ich probierte sogar, allerdings nur heimlich vor meinem Spiegel, mir ein Uhrglas als Monokel ins Auge zu klemmen. Nein!

Das war nun doch zu viel ...

Und dann ging ich zum ersten Mal in ein richtiges Nachtlokal, eine Bar mit rosa Plüschbänken, einer Jazzband und hübschen Frauen in Seidenkleidern.

Jetzt war es für mich passé, auf dem Carré kränklichen kleinen Mädchen nachzulaufen oder Charlotte hinter die Kirche von Saint-Pholien zu lotsen.

Hier war ich von Frauen umgeben, von wahren Frauen wie Lola, und um drei Uhr früh nahm ich mir ein Zimmer in demselben Hotel, wo ich nach meinem ersten Bankett einen Skandal gemacht hatte.

Als die erste Nummer der *Nanesse* erschien, erklärte meine Mutter:

»Du sollst dich schämen, für ein solches Dreckblatt zu schreiben!«

Da übertrieb sie allerdings. Gewiss, die Texte und die Zeichnungen waren nicht gerade sehr konformistisch, und da wir um jeden Preis Humor machen mussten, wurden zwangsläufig auch ehrbare Leute und Institutionen auf die Schippe genommen.

Alles in allem jedoch stand nichts besonders Boshaf-

tes in diesem Blatt, nichts außer einem kleinen Artikel auf der vierten Seite, den ich nicht geschrieben und von dem Deblauwe mir nichts gesagt hatte und den ich immer wieder las, ohne seinen Sinn zu verstehen.

»Ist es wahr, dass ein gewisser Monsieur T., ein wohlbekannter Bürger unserer Stadt …«

Wer war dieser Monsieur T.? Warum diese Andeutung, eines Tages könne er sich auf eine unangenehme Überraschung gefasst machen? Und warum zum Schluss das banale Sprichwort »Es ist nicht alles Gold, was glänzt«?

So sagte ich zu Deblauwe:

»Das ist doch völlig witzlos! Es ergibt keinen Sinn!«

»Meinst du?«

»Sogar ich verstehe es nicht …«

»Vielleicht werden es andere Leute verstehen!«

»Hast du diesen Wisch geschrieben?«

»Du Idiot!«

Jawohl, ich war ein Idiot! Es war der erste Artikel unseres Geldgebers! Und ich in meiner Einfalt zuckte die Schultern und murmelte:

»Er versteht nichts vom Journalismus. Zum Glück geht es unter zwischen den vielen anderen, guten Artikeln …«

Zwischen den meinen, wohlgemerkt! Den wahren Stadtnachrichten wie der, dass die Straßenbahn an einem gewissen Ort hielt, weil der Schankwirt gegenüber Stadtrat war, oder die Aufforderung an die Behörden, den Hausmüll vor zehn Uhr morgens abzuholen …

Wie konnte ich wissen, dass *Nanesse* aus keinem anderen Grund erschien, als um diesen blöden kleinen

Artikel über Monsieur T. zu bringen, und dass unser Rumäne ganz Europa durchreist hatte, um ihn veröffentlichen zu können?

Ich konnte nicht ahnen, dass Deblauwe ihm erklärt hatte:

»Ich habe da einen jungen Kollegen, den ernennen wir pro forma zum Chefredakteur, er wird uns die vier Seiten für wenig Geld füllen.«

Noch weniger ahnte ich, dass Danse in seinem Buchladen unser Blättchen Zeile für Zeile durchkämmte, die Augen zusammenkniff, als er auf den bewussten Artikel stieß und, weil er für so etwas einen guten Riecher hatte, bereits die Übernahme von *Nanesse* plante –, was ihm später prompt zwei Jahre Gefängnis einbrachte.

Trunken vom Frühling und vom ersten Ruhm, genoss ich eine Zeit als gepflegte Erscheinung mit sauberen Fingernägeln und mausgrauen Gamaschen.

5

Viel später sollte ich in Paris Direktoren größerer, aber sonst ähnlicher Blätter wie *Nanesse* kennen lernen. Und wenn ich Deblauwe mit ihnen vergleiche, so muss ich sagen, er war dafür wie geschaffen.

Damals hatte ich wirklich keine Ahnung und fühlte mich geschmeichelt von dem Vertrauen, das mein Kodirektor meiner Jugend und Unerfahrenheit entgegenbrachte.

»Hör mal, Deblauwe, ich glaube, ich habe da eine tolle Idee ...«

Er blätterte weiter in seinen Akten.

»Um den Schlendrian der Behörden zu beweisen, will ich mit einem Handwagen zum Rathaus gehen und dort eine Kiste stehlen. Sie misst einen mal eineinhalb Meter und dürfte recht schwer sein, weil sie Zeitschriften enthält. Diese Kiste gehört seit zwei Jahren in die Stadtbibliothek, und genau dahin werde ich sie bringen, mit den persönlichen Empfehlungen des Bürgermeisters ...«

»Na schön ...«

Ich habe mein Vorhaben übrigens, was weiter nicht wichtig ist, in die Tat umgesetzt. Wichtig ist nur die völlige Gleichgültigkeit meines Kollegen gegenüber allem, was die Redaktion betraf.

»Hast du meine Artikel gelesen?«

»Ja … Nein … Bring sie in die Druckerei …«

»Findest du nicht, dass ich in meiner Glosse über das Théâtre Royal vielleicht etwas zu weit gegangen bin?«

Er wusste nicht einmal, dass ich darüber geschrieben hatte. Er selbst schrieb keine Zeile. Er überließ es mir allein, die vier Seiten zu füllen, und wenn er sich doch einmal über den Stehsatz beugte, dann nur, um nachzusehen, ob ein Inserat gut eingerückt war.

Er hatte das Zeug zu dieser Art Zeitungsdirektor, und er wusste, dass sein Platz nicht im Büro war – wo niemand hinkam! –, sondern in den Cafés und in den Restaurants oder in den Amtsvorzimmern. Jedenfalls arbeiten Direktoren seines Schlags, die zudem ständig irgendein Gerichtsverfahren am Hals haben, auf der ganzen Welt gleich, und alle haben sie nichts als Verachtung übrig für die ungereimten Geschichten, mit denen man das Papier schwärzt, bevor es in Umlauf kommt.

Wenn ich mich recht erinnere, so enthielt die zweite Nummer keinen Artikel unseres Geldgebers, der es übrigens nicht einmal der Mühe wert befand, einen Blick in die Redaktion zu werfen.

»Er wird uns diese Woche noch einmal zehn Riesen zahlen müssen«, verkündete Deblauwe ruhig, »die Kasse ist leer.«

Er ging allein zum Rumänen, kam jedoch mit etwas besorgter Miene zurück.

»Ich bekomme den Scheck am Samstag, er muss das Geld aus Bukarest kommen lassen …«

Am Samstag ließ sich unser Mann erst am Nachmittag wieder blicken, als die Banken schon zu waren, und

er bat Deblauwe, in der folgenden Woche wiederzu-kommen.

In der dritten Nummer erschien wieder ein kleiner Artikel, den ich ebenso unverständlich wie den Ersten fand und in dem ungefähr Folgendes stand: »Unseren Quellen zufolge steht Lüttich bald ein beispielloser Skandal bevor, der ein besonders grelles Licht auf die Sitten gewisser großer Familien werfen wird, die sich einbilden, weil sie so viel Geld haben …«

Am Montag hätte ich immerhin gern meine zwei- oder dreitausend Zeilen bezahlt bekommen.

»Ich bin bei ihm gewesen«, sagte Deblauwe. »Er ist nach Antwerpen gefahren und sollte heute Abend oder morgen wieder zurück sein …«

Am Dienstag stürmt der Papierlieferant ins Büro, lässt sich mit bedrohlicher Miene in einem Sessel nieder und erklärt, er werde nicht eher gehen, als bis man ihn bezahlt habe.

»Ich werde das Geld holen«, versichert ihm De-blauwe. »Inzwischen leistet Ihnen mein Mitarbeiter Gesellschaft …«

Das war ich! Stunden vergingen. Von Zeit zu Zeit brummelte der Mann Unfreundlichkeiten wie:

»Glauben Sie bloß nicht, dass ich mich von Abenteu-rern übers Ohr hauen lasse …«

Oder:

»Sie hoffen wohl, mich auf die Dauer mürbe zu krie-gen … Rechnen Sie nicht damit … Wenn es sein muss, lasse ich mir telefonisch ein Feldbett kommen …«

Gegen Abend ruft Deblauwe an.

»Ist er immer noch da?«

»Leider ja.«

»Sein Pech! Der Rumäne ist noch nicht zurück ...«

»Was war das?«, fragte der wütende Gläubiger.

»Die Sache ist die: Soeben wurde mir mitgeteilt, dass es heute kein Geld gibt ...«

»Und wenn ich Ihnen in die Fresse haue, um Sie Anstand zu lehren?«

»Zuerst einmal würde das Ihnen nicht weiterhelfen. Und dann wäre es gar nicht nett, denn mir schuldet man auch Geld.«

Erst am Donnerstag vertraute Deblauwe mir an, dass der Rumäne weder in Antwerpen noch in Lüttich war, sondern dass er Belgien endgültig verlassen habe, um in seine Heimat zurückzukehren.

»Bereite trotzdem dein Manuskript vor. Die Zeitung muss erscheinen!«

»Aber wo doch der Papierlieferant und der Drucker ...«

»Kümmere dich nicht darum und mach deine Arbeit ...«

Ja, Deblauwe hatte Nerven! Denn *Nanesse* erschien weiterhin, und der Papierlieferant gab uns noch wochenlang Kredit. Ich glaube sogar, er kaufte sich in das Geschäft ein.

Die Geschichte des Rumänen habe ich nie ganz erfahren. Ich weiß nur, dass es ihm ein paar Jahre zuvor gelungen war, in der Schweiz oder an der Riviera die Erbin einer großen Lütticher Familie zu heiraten, die jedoch bald merkte, dass er ein Abenteurer und Schwindler war.

Sie reichte die Scheidung ein und bekam sie auch.

Doch der Rumäne ließ nicht locker und machte ihr alle möglichen Schwierigkeiten, denn er war fest entschlossen, auch weiterhin auf Kosten ihrer Familie zu leben.

Eines Abends war er Deblauwe in einem Café begegnet – es ist erstaunlich, wie viele Leute Deblauwe in einem Café kennengelernt hat –, und die Idee der Zeitung wurde geboren.

War der Coup gelungen, und bedeutete die Abreise des Rumänen, dass die Familie ihn abgefunden hatte, um ihn loszuwerden? In diesem Fall hatte sich das Risiko der zwanzigtausend Franc für ihn gelohnt. Oder hatte die Polizei ihm vielleicht diskret zu verstehen gegeben, dass das Klima jenseits der Grenze weitaus gesünder für ihn sei?

Ich habe es nie erfahren. Vermutlich wusste Deblauwe viel mehr darüber als ich. Aber wie gesagt war er ein wahrer Direktor, und deshalb sagte er mir nichts.

Wie dem auch sei, in der dritten Woche erschien ich errötend und verlegen in unserem Büro, denn ich wollte mich mit einer Lüge aus der Affäre ziehen.

»Ich muss dir etwas sagen, alter Freund … Ich bin in einer sehr unangenehmen Lage … Der Direktor meiner Zeitung hat mich vor die Wahl gestellt: Entweder ich arbeite bei ihm, oder ich schreibe für *Nanesse* … Du darfst mich nicht falsch verstehen, aber …«

Er hob kaum den Kopf und warf mir einen gleichgültig abschätzenden Blick zu. Ich stürzte mich in weitere Erklärungen, bis er mich plötzlich unterbrach, die Achseln zuckte und ohne jeden Zorn brummte:

»Du Idiot!«

Was konnte es ihm schon ausmachen, ob ich blieb

oder ging, da ich zu nichts taugte als zum Schreiben? Gab es in der Stadt nicht fünfzig junge Leute wie mich, die ihm alle seine Spalten mit humoristischen Glossen zu dreißig Centime die Zeile füllen konnten? Und wie zum Beweis kam *Nanesse* dann auch in der Folge sehr gut ohne mich aus. Mein Nachfolger verlangte übrigens keinen Heller für seine Mitarbeit, ganz im Gegenteil: Er hieß Hyacinthe Danse!

Ich hätte damals schwören können, dass alles, was die Mädchen uns während des Krieges über den lüsternen Buchhändler erzählt hatten, nur in ihrer Phantasie existierte. Denn Danse verkörperte bis zur Vollkommenheit einen Menschentyp, den wir nur zu gut kannten und den alle kennen, die bei einer Provinzzeitung gearbeitet haben.

Unvergesslich bleibt mir sein erster Besuch bei der Tageszeitung, der ich angehörte; ich bin mir fast sicher, dass er einen Frack trug, es war jedenfalls eine bortierte Jacke, die eine Menge ausländische Ordensbänder schmückten. Um zum Direktor zu gelangen, musste man sich in unserem Redaktionsbüro anmelden, und als Danse eintrat, gewichtig, den Bauch aggressiv vorgestreckt, reichte er mir seine Visitenkarte, setzte sich, den Hut auf die Knie gestützt, wie ein Mann, der das Warten gewöhnt ist.

Die Karte allein genügte, um ihn in jene Kategorie besonders hartnäckiger Leute einzustufen, die sich mit unermüdlicher Geduld den Zeitungsredaktionen aufdrängen.

Hyacinthe Danse
Dichter und Theaterschriftsteller
Laureat des Collège Saint-Servais und
der Universität Lüttich
Mitglied der Belgischen Nationalliga
Ehemaliges Mitglied des Vereins
für Belgisch-Französische Freundschaft

Wir kannten andere, die regelmäßig kamen und stundenlang geduldig warteten, um schließlich dem Direktor ein Anliegen vorzutragen, sei es über eine Frage der Wasserabfuhr oder über einen neuen Kanal zur See, und sie alle zeigten die gleiche würdige Haltung, warteten unbekümmert um unsere ironischen Blicke, unbekümmert um die vergehende Zeit und das ständige Kommen und Gehen um sie herum.

»Was will er? Fragen Sie ihn«, sagte der Direktor.

Und ich ging zu Danse zurück, der mich vage als einen seiner Kunden wiedererkannte.

»Sagen Sie ihm, ich käme im Auftrag der französischen Regierung«, antwortete er und zeigte mir einen an ihn adressierten Umschlag mit dem Stempel des Palais de l'Élysée.

Er wurde empfangen. Eine halbe Stunde später kam unser Direktor aus seinem Büro und flüsterte mir zu:

»Melden Sie mir in ein paar Minuten, dass man mich dringend im Palais Provincial verlangt. Ich werde ihn einfach nicht los!«

Er zahlte es ihm mit gleicher Münze heim! Denn natürlich hatte Danse keinen Auftrag der französischen Regierung. Er war nur gekommen, um zu erzählen,

dass er eine Reihe von Gedichten über die Yser, Marne, Verdun und Bois des Dames verfasst hatte, Schlachten, die es verdienten, in der Erinnerung der Menschen fortzuleben, und ...«

Er verließ uns so würdig, wie er gekommen war, und mein Direktor rief mich, überreichte mir seufzend ein zusammengerolltes Manuskript.

»Sehen Sie sich das an ... Korrigieren Sie, wo es notwendig ist ... Und setzen Sie es irgendwo in einer Seitenecke ein, in ganz kleiner Schrift ... Es blieb mir leider nichts anderes übrig ...«

Es war eine Ode! Und einige Tage später sahen wir, dass er auch eine der liberalen Zeitung und eine weitere der sozialistischen Zeitung angedreht hatte, sodass sein Name überall gleichzeitig erschien.

»Na schön! So sind wir ihn wenigstens los ...«

Aber weit gefehlt! Einen Danse wurde man nicht los, weder mit Ironie noch mit Grobheiten. Fand anlässlich des Besuchs einer ausländischen Persönlichkeit ein Empfang im Rathaus statt, so sah man stets unseren Danse behäbig, fett und majestätisch in der ersten Reihe sitzen, wo er uns mit einem feuchten Lächeln und schlaffer Hand begrüßte.

»Ach! Sie sind da?«

»Wie Sie sehen ...«

Man fragte einen Schöffen:

»In welcher Eigenschaft wurde er eingeladen?«

»Keine Ahnung. Erkundigen Sie sich beim Generalsekretär ...« Und der Generalsekretär wusste es auch nicht. Er nahm an, Danse sei mit einem Presseausweis eingelassen worden.

Wir waren weiß Gott blöde genug, darüber zu lachen, dabei war er es, der uns alle zum Narren hielt! Denn bei diesen Anlässen feierte man nicht etwa zweitrangige Persönlichkeiten, sondern Leute wie Poincaré, den Marschall Foch, Könige und Prinzen, und Danse fand immer Mittel und Wege, sich ihnen zu nähern.

»Verzeihung, Sire! Gestatten Sie einem belgischen Dichter, der gerade ein Buch zum Ruhme Ihres Landes schreibt, Ihre Majestät um die Ehre eines Autogramms zu bitten?«

Die Feder war bereit und auch das Papier. In solchen Augenblicken, in der milden Wärme der Reden, der festlichen Gelage und der Ovationen war man nicht wählerisch mit den Worten. »Dem großen Dichter Hyacinthe Danse in Anerkennung …«

Kein Umzug durch die Straßen der Stadt, keine Denkmalseinweihung, an der er nicht teilnahm. Ich weiß nicht, wie er es anstellte, aber er trug stets eine Armbinde, marschierte an der Spitze des Zuges und mit einer so gewichtigen Miene, dass man *ihn* fragte, wenn man eine Auskunft brauchte.

»Wer ist er?«

»Ich weiß es nicht … Er muss zum Komitee gehören …«

Fünfmal, zehnmal erschien er im Büro der Zeitung, immer unter anderen Vorwänden, und jedes Mal gelang es ihm, empfangen zu werden.

»Ich fahre morgen nach Deutschland, wo ich mit einer Mission beauftragt bin. Fragen Sie mich nicht, um was für eine Mission es sich handelt, denn darauf könnte ich Ihnen nicht antworten, aber Sie haben es vielleicht

schon erraten. Falls es Sie interessiert, Berichte über die dortigen Ereignisse zu erhalten, stehe ich ganz zu Ihrer Verfügung ...«

Es dauerte lange, bis wir ihm auf die Schliche kamen und merkten, was er in Wirklichkeit wollte: einen Presseausweis auf seinen Namen, mit Foto und Stempel, einen Presseausweis, der ihm Gott weiß was gestattete!

Unser Direktor war vorsichtig. Aber ein anderer, ich weiß nicht mehr welcher, fiel auf ihn herein, und Danse bekam seinen Presseausweis und bewarb sich sogar, wenn ich mich recht erinnere, um den Vorsitz der Journalistengewerkschaft, der er meines Wissens gar nicht angehörte.

Dummerweise lachten wir am meisten über ihn, als er behauptete, einer Zeitung durch sein Horoskop zum Erfolg zu verhelfen, aber hat heute nicht jede halbwegs anständige Zeitung ihre Horoskop-Seite und sogar eine Rubrik für Handlesekunst?

Er musste über eine beträchtliche Spesenkasse verfügen, allein schon wegen der Briefmarken, denn er schrieb an jeden, bei jeder Gelegenheit oder Ungelegenheit und ohne Angst, sich lächerlich zu machen.

»Sehr geehrter Herr Minister,
soeben erfahre ich, dass in der letzten Kabinettssitzung beschlossen wurde, das Projekt für die Erweiterung des Campine-Kanals durchzuführen. Als Spezialist in diesen Fragen und nachdem ich mich jahrelang mit dem Problem befasst habe, erlaube ich mir ...«

Es folgten mehr oder weniger intelligente Vorschläge, die Unterschrift mit all seinen Titeln und schließlich ein Postskriptum, in dem er sich auf Dankschreiben mehrerer ausländischer Regierungen berief, die seinem Rat Anerkennung bezeugten …

Wie viele dieser Briefe unbeantwortet blieben, entzieht sich meiner Kenntnis. Aber nehmen wir an, dass nur in einem von zehn Fällen der Minister oder der König seinem Sekretär gesagt hat: »Schreiben Sie ihm ein paar Zeilen und danken Sie ihm … Man kann nie wissen!« Und schon hatte Danse ein schönes amtliches Dokument, das er vorzeigen konnte!

Das Gleiche galt für die Empfänge. Auch wenn er stets im Frack und mit vielen Ordensbändern erschien, konnte es von Zeit zu Zeit doch passieren, dass ein schlecht gelaunter Kontrollbeamter seine Einladung zu sehen verlangte.

Wenn er vor die Tür gesetzt wurde, fand er das nicht weiter schlimm. Ist nicht jedes Unternehmen ein Risiko? Ganz abgesehen davon, dass ehrbare Leute sich verpflichtet fühlen, solche Dinge sehr diskret zu erledigen, und es ihnen letztlich peinlicher ist als dem Rausgeworfenen.

»Ich werde mich bei höherer Stelle beschweren«, sagte er bei solchen Gelegenheiten würdig und zog sich zurück.

Wahrscheinlich lachte er, der sich später selbst als geisteskrank bezeichnen sollte, sich ins Fäustchen, wenn er einen von uns Einfaltspinseln sagen hörte:

»Der Kerl ist ein Spinner!«

Ich finde es wunderbar, dass er ganz von selbst auf Deblauwe gekommen ist, als ob er begriffen hätte ...

Wenn ich heute zurückdenke, finde ich es unglaublich, dass damals keiner merkte, was da gespielt wurde.

Nicht nur merkten wir nichts, wir leisteten auch noch Beihilfe, ohne es zu wissen. Sogar mein Direktor, der ehrlichste und unbestechlichste Mensch, den man sich nur denken kann, veröffentlichte in seiner Zeitung eine Ode von Danse, einfach nur, um ihn loszuwerden.

Und Deblauwe schrieb in einer anderen Zeitung unterdessen seine tägliche Kolumne, betreute die Rubrik »Unglücksfälle und Verbrechen« und nahm an den Staatsbanketts teil, obschon alle wussten, dass er in Barcelona eine Freundin hatte, die in einem Puff arbeitete. Er hatte sogar die Stirn, vor uns ihre mit Bleistift auf billigem Papier geschriebenen Briefe zu lesen, und wir versuchten uns vorzustellen, was sie ihm wohl mitzuteilen hatte.

»Alles in Ordnung?«, fragten wir ihn immerhin, als ob wir uns nach dem Wohlergehen seiner Mutter erkundigten.

»Sie schlägt sich durch!«

Dabei trieb man in der Zeitung, für die er arbeitete, die Schicklichkeit so weit, dass Worte wie *Mätresse*, *schwanger*, *Niederkunft* und was weiß ich aus dem Vokabular gestrichen waren, und die Feuilletons durften nicht gewagter sein als die von Henry Ardel.

Ich war nicht da, als Danse im Büro der *Nanesse* vorstellig wurde, und weiß deshalb nicht, was die beiden Männer zueinander gesagt hatten. Aber ich kann es mir

denken, denn Danse ging bestimmt nicht sehr viel anders vor als bei uns.

»In Anbetracht meiner Kenntnis des Lütticher Lebens könnte ich Ihnen vielleicht von einigem Nutzen sein und Ihnen ein paar Berichte liefern … Natürlich ist es für mich keine Geldfrage … ich bin Dichter und Buchhändler … ich war Mitarbeiter bei den größten Zeitschriften …«

Und ich möchte wetten, dass Deblauwe sich gesagt hat: »Dieser Kerl ist sogar blöder als Simenon, der verlangt nicht mal Geld!«

Wie hätte er Verdacht schöpfen sollen? Er, der seiner selbst so sicher war? Hatte er seine Zeitung nicht trotz des Ausfalls der von dem Rumänen versprochenen Geldmittel über Wasser gehalten? Denn er verschaffte sich Subventionen von gewissen Handelsfirmen, Theatern und Kinos …

Da ich nicht mehr Chefredakteur war, hatte die Zeit der mausgrauen Gamaschen und Eckenkragen notgedrungen ein Ende. Gern wäre ich ins Heringsfass zurückgekehrt, und ich wäre noch so gern wieder mit kahl geschorenem Schädel und schmutzigen Fingernägeln herumgelaufen. Doch es gab kein Heringsfass mehr, und während einiger Monate gewann der Wechselkurs der Mark den Vortritt vor allen anderen Gesprächsthemen, sogar vor Plato und Franz von Assisi.

»Wann fährst du hin?«

»Übermorgen … Mittwoch ist angeblich ein guter Tag … Eine neue Baisse steht an …«

Die Wintersportzüge der letzten Jahre sind nichts im

Vergleich mit diesen Zügen, in denen man nicht einmal einen Stehplatz auf dem Gang fand. Dort drängten sich Menschen aus allen Gesellschaftsschichten, Leute aus dem Volk, Berufsschieber, die auf Eier und Butter aus waren oder auch nur Gold und Juwelen aufkauften, Kleinbürgerinnen, die einen Pelzmantel brauchten, und die Reisenden der ersten Klasse, die sich ungezwungen gaben.

Man fuhr in alten Kleidern, zerschlissener Wäsche und ausgetretenen Schuhen ab, und kaum hielt der Zug in Aachen oder Köln, stürmte alles in die Geschäfte, in denen die Verkäufer bis zu zehnmal in der Stunde die Preisetiketts auswechseln mussten.

Man traf sich auf der Straße und gab sich gegenseitig Tipps.

»Dort hinten links bei der Kathedrale findest du tolle Anzüge …«

Wenn wir ankamen, waren wir in Blau. Gegen Mittag waren wir ganz in Grau, in nagelneuen Anzügen, die uns nur ein paar Millionen Mark gekostet hatten. Eine Stunde später trugen wir einen Filzhut, und um vier Uhr stolzierten wir in einem Ratiné-Mantel durch die Stadt. Ganz abgesehen von allem, was darunter versteckt war! … Meterweise Spitzen und Seidenstoffe, Uhren, Halsketten und was weiß ich noch!

Man rief einander Auskünfte über die Straße zu, ohne Scham, ohne Rücksicht auf die Deutschen, die uns anstarrten und nicht einmal mehr ironisch lächelten.

»Du, ich habe ausgerechnet, im Kaiserhof kannst du für dreizehn Centime essen, mit Maître d'hôtel, Weinkellner und allem Drum und Dran …«

Also auf in den Kaiserhof! Wir lachten aus voller Kehle, redeten laut und ungeniert.

»Herr Ober! Noch mehr Kaviar …«

Was machte das schon aus, da wir mit hundert Franc in der Tasche abgereist und bereits von Kopf bis Fuß neu eingekleidet waren? Zugegeben, diese Kleidung schien uns ungewohnt, das Eisengrau, das etwas besondere Grün, die zu steifen Hüte, das alles wirkte ein bisschen feierlich.

»Was hast du dafür bezahlt?«

»Vier Millionen Mark …«

»Wie spät war es da?«

»Elf Uhr …«

»Ich war dort um zwölf, und da haben sie mir fünfeinhalb Millionen abverlangt …«

Und die Frauen erst! … Und die Rotzbengel, die uns in der Nähe der Bahnhöfe auflauerten, um uns ihre kleine Schwester vorzustellen!

Am Abend zwängten wir uns wieder in den Zug zur Heimfahrt, und jeder hatte etwas zu verbergen: Es gab organisierte Banden, Koffer, die von Wagen zu Wagen gereicht wurden, bevor die Zollkontrolle kam, Typen, die sich an die Puffer hängten, Zollbeamte, die für ihre Härte, und solche, die für ihre Nachsicht bekannt waren.

»Ich passiere die Grenze fünfmal in der Woche, und ich kann euch sagen …«

Die größte Offenbarung war die Tatsache, dass das Geld nicht etwas Beständiges ist, auf das man zählen kann, und dass es möglich ist, mit Millionen Mark in der Tasche zu verhungern!

»Verstehst du? Mein Vater ist Bankier. Er behauptet, die Mark könne nicht noch tiefer sinken. Das wollen die anderen Länder nicht ...«

»Soll man also welche kaufen?«

»Ich habe zweihundert Franc in Mark umgewechselt ...«

Und das taten wir auch, wie ich gestehen muss. Und in der folgenden Woche fuhren wir wieder nach Köln, denn die Mark war weiter gesunken, und wir rechneten uns aus, dass ein Chronometer, das wir gesehen hatten, nur noch vierzig Franc kosten würde.

Ich bin Danse in Düsseldorf auf der Straße begegnet. Deblauwe nahm die Bahn wie jeder andere.

Wir hatten alle grüne Gabardinemäntel, die gleichen Feuerzeuge, die gleichen Zigarettenspitzen aus ungestempeltem Silber und die gleichen Druckbleistifte. Die kleinen Lütticherinnen interessierten uns nicht mehr.

»In Köln kannste für eine Tafel Schokolade ...«

Das war kurz vor meinem achtzehnten Geburtstag.

Ich saß in einem Bierlokal in Aachen und wartete auf die Stunde der Heimreise. Ich war verstimmt. Da war man am Morgen abgefahren, die Taschen voller Mark, und glaubte, sich herrliche Dinge und seltene Vergnügen leisten zu können.

Doch die Reise nach Deutschland glich immer mehr jenen endlosen nächtlichen Streifzügen, auf denen man verschämt den Passantinnen nachstellt, ein paar hundert Meter einer Silhouette folgt, dann einer anderen hinterherläuft, in der Hoffnung, etwas Einmaliges zu erleben, obgleich man genau weiß, dass man immer an

der gleichen Straßenecke landen wird, wo zwei oder drei Schatten geduldig vor der Tür eines Stundenhotels warten.

Die Mark sank immer tiefer, doch die Preise stiegen. Und was sollten wir noch kaufen? Hatten wir nicht schon alles? Außerdem drängte sich jetzt ein Pöbel in den »Schmugglerzügen«, und diese Leute gaben sich einem in der Stadt schon von weitem plump vertraulich als Mitbürger zu erkennen, sodass man sich fast schämte, in den Läden französisch zu sprechen.

Ich hatte eine Armbanduhr, eine Taschenuhr mit Kette, zwei oder drei Klappmesser, mehrere Zigarettenspitzen (obgleich ich nur Pfeife rauchte) und anderen nutzlosen Kram erstanden. An diesem Tage war ich außerdem an eine sehr gewöhnliche Frau geraten, wie ich sie auch in Lüttich hätte haben können.

Seit zehn Uhr früh stopfte ich mich mit Würstchen voll – nur weil ich beschlossen hatte, dass man in Deutschland Würstchen essen muss –, und mein Magen war übersättigt, angeschwollen von Bier.

So saß ich und wartete auf die Heimfahrt, auf das Gedränge in den Gängen des Zugs mit all den übelriechenden Leuten, die einen duzten, ohne einen zu kennen.

Am Nebentisch bemerkte ich zwei Jungen meines Alters, zwei Brüder, vielleicht sogar Zwillinge, denn sie glichen sich wie ein Ei dem anderen. Was mir auffiel, waren ihre bleichen und nervösen Gesichter, ihre geröteten Kaninchenaugen und ihr rotes struppiges Haar. Unter dem Tisch sah ich zwei khakifarbene Tornister, wie man sie früher in der Armee hatte.

Da hörte ich sie französisch sprechen. Wir kamen ins

Gespräch, und ich war überrascht zu hören, dass sie seit ihrer Kindheit in meiner unmittelbaren Nähe wohnten.

»Nehmt ihr auch den Zug um fünf Uhr fünfzehn?«

»Nein, wir gehen zu Fuß ...«

Der eine war siebzehn, der andere achtzehneinhalb; und doch hatten sie bereits die Selbstsicherheit gemachter Männer und eine Art hochmütige Gleichgültigkeit und gewollte Unbekümmertheit, die mich zugleich anzog und beunruhigte.

»Es ist ratsamer, zu Fuß über die Grenze zu gehen«, erklärten sie mir und zeigten auf ihr Gepäck.

Wir mussten getrunken haben. Man trank ja immer! Jedenfalls nahm ich nicht den Zug, und als die Nacht anbrach, standen meine Gefährten auf und führten mich und einen ihrer Freunde bis zu einem Waldrand, dann eine große Straße entlang. So gelangten wir nach Herbestal, der Grenzstadt, um die die beiden ortskundigen Brüder einen weiten Bogen machten, und als wir in der Nähe der Grenze waren, pirschten sie sich vorsichtig von Schwelle zu Schwelle vor.

»Wie kommen wir jetzt nach Lüttich?«, fragte ich, nachdem die Gefahr vorüber war.

»Ganz einfach. Komm mit ...«

Ich glaube, ich zitterte so sehr oder gar noch mehr, als wenn ich ein wahrer Missetäter gewesen wäre, als wir über Zäune kletterten und auf der Suche nach einem Güterzug zwischen den Schienensträngen herumirrten.

Wenn wir Stimmen hörten oder einen Schatten mit einer Laterne sahen, hockten wir uns in einen finsteren Graben und hielten den Atem an.

Ich wurde in einen Waggon gehievt. Als wir um drei

Uhr früh in Lüttich ankamen, ging das Versteckspiel wieder los, bis wir aus dem Bahnhofsgelände draußen waren.

Nun waren meine beiden Kameraden, die ich, weil sie einen bekannten Namen tragen, weiterhin die beiden Brüder nennen werde, aus einer der angesehensten Familien und hatten sogar das Recht auf einen Adelstitel. Ihre Eltern waren geschieden, und der Vater, ein Industrieller, lebte mit einer sehr jungen Frau; trotzdem sorgte er weiterhin für seine Söhne und deren Mutter.

»Wir sind Profischmuggler«, erklärten mir die Jungen. »Wir arbeiten im Auftrag eines Grossisten für elektrische Apparate. Nach jeder Reise liefern wir ihm bis zu dreißig Kilo Einzelteile …«

Sie wohnten bei ihrer Mutter in einem gutbürgerlichen Stadtviertel. Sie verkehrten nicht im Heringsfass und hatten nie über Plato diskutiert oder Verlaine rezitiert.

Trotzdem lief ihre Mutter mehrmals in der Woche am Morgen zum Polizeikommissariat, wo sie wohlbekannt war.

»Haben Sie sie nicht gesehen?«

»Nein. Aber nehmen Sie doch Platz! Wir werden telefonieren …«

Der Wachtmeister rief alle Polizeireviere an, bis er die gewünschte Antwort erhielt:

»Jawohl! Sie sind hier …«

»Wie viel?«

»Zweihundert Franc. Außerdem behauptet eine Frau, sie hätten ihr die Uhr gestohlen …«

Die Mutter hatte ebenfalls rotes Haar, jedoch von vie-

len silberweißen Strähnen durchzogen, und sie wirkte, obschon noch recht jung, ziemlich abgezehrt, verstört, ewig in Unruhe, als wittere sie andauernd irgendein Unglück in ihrer Nähe.

Bei den Lieferanten und Nachbarn war sie wohlbekannt.

»Ich brauche unbedingt zweihundert Franc ... Hören Sie! Wenn Sie mir die leihen, gebe ich Ihnen meine Nähmaschine zum Pfand ... Oder warten Sie ... Hier! Ich habe nur noch dieses Medaillon ... es ist aus Gold ...«

Sie hatte alle Beherrschung verloren, weinte vor jedermann, flennte mechanisch wie ein undichter Wasserhahn, führte Selbstgespräche, klagte und jammerte vor sich hin.

Auf dem Revier zahlte sie, schwor, dass ihre Söhne im Grunde anständig seien, dass sie sich bessern würden, versprach, sie von jetzt an strenger zu überwachen.

Doch sie wusste sehr wohl, dass es zwecklos war, ihnen ins Gewissen zu reden. Sie zuckten nur die Schultern und murrten:

»Ist deine eigene Schuld! Du hättest uns nicht auf die Welt bringen sollen!«

Warum waren sie unglücklich? Denn sie waren schrecklich unglücklich. Ich habe ganze Nächte mit ihnen verbracht, immer an den gleichen Orten und auf dieselbe Art.

Was zog sie alle, einen Danse, einen Deblauwe, diese beiden Brüder, in ein solches Milieu? Nicht das Laster im gebräuchlichen Sinne. Wenn Danse ein Laster hatte, so befriedigte er es nicht im Puff. Auch Deblauwe nicht.

Und die beiden Brüder waren oft krank und konnten allein deswegen nicht so oft zu den Nutten rennen.

Nein! Was sie alle brauchten, war diese schummrige, desolate Atmosphäre, diese Frauen, die im Hemd am Ofen saßen und mit dicker farbiger Wolle strickten, das schale Bier aus ungespülten Gläsern …

Wie im Heringsfass diente der Alkohol nur als erstes Stimulans, damit man nachher reden konnte, Dinge sagen, die sich anderswo niemand angehört hätte, kurz, Selbstgespräche führen und mit bitterem Grinsen ins Leere starren, während irgendeine Frau geduldig wartete, bis man fertig war.

»Wozu sind wir überhaupt auf der Welt?«, fragte mich der ältere der beiden Brüder, der ein wenig aussah wie der Komiker Laurel mit seinem langen Gesicht und den traurigen Augen. »Kannst du's mir sagen? Kann's mir sonst wer sagen? Nein. Warum also soll ich mir Sorgen machen? Krepieren müssen wir so oder so einmal. Wir haben's bestimmt beide auf der Lunge …«

Gemordet haben sie nicht, aber ich bin immer noch entsetzt, wenn ich an all das denke, was sie mir damals gesagt haben. Der Buchhändler hat drei Menschen umgebracht. Deblauwe nur einen.

Doch die beiden Brüder hätten viel abscheulichere Verbrechen begehen können, denn sie waren um kein Haar besser als die jungen Strolche, die selbst bei den mitleidigsten Geschworenen keine Gnade finden und aufs Schafott geschickt werden.

Unter Tränen erzählte ihre Mutter der meinen:

»Mein Ältester war letzte Nacht wieder da. Er roch nach Fusel. Und er hat gesagt, er braucht sofort Geld.

Ich hatte aber keins mehr im Haus. Wissen Sie, dass ich manchmal wochenlang kein Fleisch zu essen bekomme, weil sie mir alles wegnehmen? Letzte Nacht hat er mir nicht geglaubt. Er hat mich brutal aus dem Bett gezerrt, um unter der Matratze nachzusehen. Er hat mich bedroht, geschlagen, damit ich ihm sage, wo ich mein Erspartes versteckt habe. Trotzdem ist er im Grunde kein schlechter Junge!«

Ich konnte buchstäblich zusehen, wie die Frau langsam starb. Ihren Söhnen ging ich fortan aus dem Weg, aber mitunter begegnete ich ihnen noch, und manchmal kamen sie zu mir in die Redaktion, um mich anzupumpen.

Sie streunten in der Stadt herum wie zwei magere, herrenlose bissige Hunde, und sie hätten bestimmt nicht gezögert, einen Passanten anzugreifen, wenn sie sicher gewesen wären, dass er viel Geld bei sich trug.

Und all das für nichts und wieder nichts, nur um in irgendeinem Bordell zu landen und dort tagelang in einem Zustand stumpfsinniger Betäubung zu leben, bis man sie vor die Tür setzte.

Eines Morgens ließ die arme Frau meine Mutter dringend zu sich rufen. Als meine Mutter hinkam, fand sie die arme Frau im Unterhemd.

»Sie müssen mir unbedingt zu einem Rock verhelfen, ganz gleich was! Heute Früh waren die beiden bei mir, und da ich ihnen nichts geben konnte, haben sie mir meine letzten Kleider und Schuhe weggenommen, um sie zu verkaufen. Ich kann nicht einmal mehr ausgehen!«

Und dann immer wieder das Leitmotiv:

»Ich schwöre Ihnen, sie sind nicht böse! Man hat mir geraten, sie anzuzeigen, aber das kann ich nicht tun. Sie sterben, wenn man sie ins Gefängnis steckt …«

Sie sind dann auch so alle beide kurz nacheinander gestorben. Immerhin hatte der Ältere sich zu bessern versucht. Eines schönen Tages meldete er sich freiwillig zum Dienst in der Kolonialarmee und wurde in den Kongo geschickt. Man schiffte ihn betrunken ein, denn er hatte eine Anwerbungsprämie gefasst. Während der Überfahrt erschien er kein einziges Mal auf Deck, weil er die ganzen drei Wochen nie nüchtern wurde und sich ständig erbrach.

In Matadi wollten die Offiziere ihn nicht. So blieb er auf dem Schiff und kehrte zurück, wie er gekommen war, betrunken und kotzend, bis man ihn nach zwei oder drei Monaten Militärgefängnis wieder ins Zivilleben entließ.

Zwei Jahre später starb die Mutter im Alter von fünfundvierzig Jahren, abgezehrt, wie eine Greisin, völlig vertrocknet bis auf die immer feuchten Augen.

Einer der Brüder war in Paris, wo er nachts bei den Markthallen herumlungerte, der andere in Bordeaux oder Brest.

Und dabei waren sie aus guter Familie, wohlerzogen, ziemlich gebildet und alles in allem intelligenter als der Durchschnitt.

Als ich später in Paris lebte, sah ich den Älteren wieder; er bettelte und litt mit seinen zweiundzwanzig Jahren an einer unaussprechbaren und unheilbaren Krankheit.

»Mein Bruder ist scheint's in Spanien gestorben«,

verkündete er mir gleichgültig. »Man hatte ihm erzählt, dass in Barcelona ...«

Wie Deblauwe! So folgten sie dem gleichen Weg, ohne sich zu kennen. Gibt es denn einen vorgezeichneten Zyklus für diese Art von Schicksal?

Der Ältere war ohne Scham. Er jammerte nicht, stellte nur nüchtern fest:

»Ich bin zerfressen und verfault! Nicht mal im Krankenhaus will man mich behalten! Im Winter hau ich von hier ab und gehe in den Süden, denn das Schlimmste ist das Schlafen im Freien ...«

Ich dachte an den Güterzug, in dem ich mit ihnen gehockt hatte, den Kopf neben den ihren an die Tornister gelehnt ...

»Und du? Bist du verheiratet? ... Bist zu zufrieden? ...«

Keine Bitterkeit! Er kam noch zwei- oder dreimal an meiner Tür klingeln, und ich muss gestehen, dass ich's schließlich mit der Angst zu tun bekam. Was würde passieren, wenn er mich allein vorfände und Geld auf dem Tisch sehen sollte?

Heute weiß ich, dass er nicht gezögert hätte; nach der Mordtat hätte er in irgendeiner verruchten Straße seinen Rausch ausgeschlafen und den Dirnen unverständliche Vorträge gehalten.

Sicher lebte seine Mutter all die Jahre in derselben Angst, und es war eine Erleichterung für sie, anders als durch die Hand ihrer Söhne zu sterben.

Und doch waren sie, wie die arme Frau zu sagen pflegte, im Grunde gar nicht böse!

So hätte ich fast Lust, einen jeden zu fragen: »Wie viele Mörder, wie viele verhinderte Mörder wie diese beiden Brüder haben Sie in Ihrer Kindheit gekannt?«

Habe ich selbst nur einfach proportional weniger davon mitbekommen? Ist das der natürliche Abfall einer Gesellschaft?

Warum hätte ich sonst in so kurzer Zeit den kleinen K. sterben sehen, Hyacinthe Danse kennengelernt, für Deblauwe gearbeitet und die beiden Brüder zu Duzfreunden gehabt?

Am Ort liegt es nicht! Es gibt keine verfluchten Städte, und meine ist jedenfalls ein Musterbeispiel an gutbürgerlicher Spießigkeit.

Soll man die Erklärung in der Zeit suchen? Gibt es mehr oder weniger intensive Gärungsperioden oder besondere, für ungesunde Einflüsse empfängliche Phasen?

Das ist keine romantische Verbrämung, ich stelle nur rückblickend bei fast allen meinen Jugendfreunden ansatzweise dasselbe fest, was die beiden andern zu Verbrechern gemacht hat.

Klar hatten wir die russischen Romane gelesen. Aber war das ein Grund, um uns mit sechzehn oder achtzehn Jahren in schmutzige Räume einzuschließen, sei es im Heringsfass oder im Hinterzimmer irgendeines drittklassigen Bordells?

Woher kam uns dieser Geschmack an den schlampigsten Frauen, an den abscheulichsten Umarmungen, an jenen sabbernden Vertraulichkeiten, an schmutzigen Ekstasen im Fuselrausch?

War es die Schuld Dostojewskis oder Verlaines? Oder war es nicht eher dieser Krieg, den wir als Kinder erlebt

hatten, ohne ihn zu verstehen, und von dem wir, ohne es zu wissen, geprägt waren?

Ich glaube es umso mehr, als ich Deutschland auch nach dem Taumel der Inflationszeit gekannt habe, als man die Mark in Millionen und Milliarden zählte. Die Jungen, die so alt waren wie wir nach der Besatzung, standen unter demselben Fluch.

Mietete man nicht auch dort Lokale, um sich zu versammeln? Man diskutierte vielleicht weniger als im Heringsfass, aber man trank ebenso viel, wenn man auch andere Drogen benutzte. Und dann huldigte man, wild und fast wissenschaftlich, wie wir in unseren lyrischen Wahnsinnskrisen, dem Eros bis zum Exzess.

Erinnern Sie sich, das war die Zeit, als einmal sämtliche Schüler einer Gymnasialklasse verhaftet wurden, weil ein kleines Mädchen umgekommen war, ein kleines Mädchen, das sein Bruder den Kameraden als Versuchsobjekt für ihre sexuellen Gelüste gebracht hatte …

Es war die Zeit, als die meisten Strafprozesse in Deutschland unter Ausschluss der Öffentlichkeit stattfanden und kein Tag verstrich, an dem nicht ein Jugendlicher Selbstmord beging.

Wie die beiden Brüder sagten sie:

»Was haben wir noch verloren auf dieser Welt?«

Sie hatten miterlebt, wie ihr Vater innert weniger Tage ruiniert war, wie ihre Mutter einen Liebhaber nahm, um essen zu können, wie Vermögen innert kürzerer Zeit gemacht und verloren wurden, als es brauchte, die Geldscheine zu zählen, und sie glaubten nichts und niemandem mehr.

Die Besatzungstruppen in den Straßen unter den blau

verschleierten Gaslaternen hatten uns zu früh gewisse Vergnügungen gelehrt, seither wussten wir, dass Frauen sich hingeben, wenn sie hungrig sind.

Was sage ich? Wir hatten eine Art Poesie des Hungers erlebt, hatten gesehen, wie die Familie sich nach der Rückkehr von der »Versorgung« die Brotration mit Hilfe einer Waage teilte; jeder überwachte eifersüchtig das, was der andere bekam; wir zählten die Kartoffeln auf den Tellern der andern, und ich hatte mir einen Nachschlüssel gebastelt, um auf dem Dachboden meiner Eltern ein paar Stück Würfelzucker zu stehlen.

Auf diese Weise offenbarten sich die Charakterunterschiede bei den Kindern; so bewahrte zum Beispiel mein Bruder seine Brotration zwei oder drei Tage auf, um sich zweimal in der Woche satt zu essen, während wir dann nichts mehr hatten und wegguckten.

Später, nachdem die Siegesbegeisterung verklungen war, sahen wir, dass keiner der Kriegsgewinnler, auf die so oft mit dem Finger gezeigt worden war, verhaftet wurde, und dass sie sich ganz im Gegenteil behaglich in der Position einrichteten, die sie auf der sozialen Stufenleiter erklommen hatten.

Das alles hatten wir gesehen …

Was konnte andrerseits aus den hungernden kleinen Deutschen schon werden, die uns in Köln oder Düsseldorf an den Straßenecken auflauerten, um uns ihre Schwester anzubieten, und die genau wussten, dass ihre Mutter es mit Männern auf den Parkbänken trieb?

Hätte Danse seine Leidenschaft für unreife Mädchen so furchtlos befriedigen können, wenn die Besatzung nicht gewesen wäre? Und hätte er sich ohne den Begeis-

terungstrubel der Nachkriegszeit mit ein paar Gedichten eine ganze Sammlung von Autogrammen berühmter Männer anlegen können?

Deblauwe, der aus Paris kam, während wir nach den vier Jahren Krieg so gut wie nichts über die Ereignisse außerhalb unserer Landesgrenzen wussten, hatte da leichtes Spiel, für uns war er ein großer Mann, und sogar seine Vorgesetzten ließen sich von ihm beeindrucken.

Ich weiß nicht, ob es wirklich normale, geordnete Zeiten gibt oder ob man sich da nicht täuschen lässt, ich habe sie jedenfalls nicht erlebt.

Mit elf zerrte man uns Hals über Kopf in den Keller, weil die Stadt bombardiert wurde. Plötzlich hörten wir Schreie: Hundert Meter weiter hatte man aufs Geratewohl zweihundert Zivilisten aufgegriffen, sie an die Wand gestellt und erschossen.

Mit dreizehn hieß es:

»Haben Sie Erbarmen. Die Kinder sind so schlecht ernährt!«

Und man schleppte uns auf die Anhöhen, damit wir den Kanonendonner hören konnten; oder aufs Land, und unsere Mütter trugen drei Unterröcke übereinander und schmuggelten darunter kiloweise Getreide in die Stadt.

Man lehrte uns schummeln, schmuggeln, lügen.

»Wenn die Deutschen dich fragen, sagst du ...«

Man lehrte uns, das Dunkel zu nutzen, im Zwielicht zu leben, zu flüstern. Da man sich von einer bestimmten Stunde an nicht auf den Straßen blicken lassen durfte, kletterte man bei Mondschein über die Dächer, um einander zu besuchen.

Und man schickte uns Kinder auf Botengänge durch die Stadt, mit Briefen von der Front, für die ein Erwachsener, wenn man sie bei ihm gefunden hätte, erschossen worden wäre.

Kam daher unser Geschmack an Geheimnistuerei und schmutzigen Dingen? Waren es die in solcher Aufregung verbrachten Jahre, die später unser Bedürfnis nach natürlichen oder künstlichen Ekstasen erregten?

Oder war es ganz einfach eine jugendliche Sturm-und-Drang-Periode?

K. starb daran, er erhängte sich am Tor einer Kirche. Die beiden Brüder starben daran, der eine in Paris, der andere in Spanien.

Eigentlich ist nur K. in seiner Stadt umgekommen. Die anderen zogen fort, alle mehr oder weniger an den gleichen Ort, Deblauwe nach Barcelona und Madrid, und Danse ebenfalls.

Deblauwe hat in Paris gemordet, in der Nähe der Gare du Nord, doch verhaftet wurde er in Saint-Etienne.

Danse hat für seinen ersten Mord ein kleines Dorf in Frankreich gewählt, aber sein Mystizismus – oder, wer weiß, vielleicht auch die Hoffnung, seinen Kopf zu retten – hat ihn dazu getrieben, seinen letzten Mord in Lüttich zu begehen.

In den Romanen ist das alles sehr einfach, und der Autor, ein wahrer lieber Gott, beschließt, dass X aus diesem oder jenem Grunde so und so gehandelt hat.

Hier jedoch geht es um Leute, mit denen ich in verschiedenen Phasen ihres Lebens verkehrt habe, Leute, deren auffälligstes Tun und Treiben ich kenne, mit de-

nen ich gewisse Gefühle geteilt habe, und ich frage mich erschrocken:

»Warum?«

Hätten die beiden Brüder anders gehandelt, wenn sie gesünder gewesen wären? Wären sie anders geworden, wenn sie bei Vater und Mutter gelebt hätten?

Hätte Deblauwe den abscheulichen Absturz vermeiden können, wenn er nicht die treibende Kraft eines Erpresserblatts gewesen wäre?

Hätte Danse auch ohne seine perversen Neigungen und seinen Hang zur schwarzen Magie die eigene Mutter und seine Geliebte wie Schweine abgeschlachtet? Hätte …?

Eine unheimliche Frage, die unweigerlich zu einer zweiten führt:

»Warum er und nicht ich?«

Oder:

»Hätte ich Tuberkulose gehabt und wäre meine Mutter geschieden gewesen …«

Verkehrten wir denn nicht in denselben schäbigen Puffs, und betranken wir uns nicht auf die gleiche Weise, um unsere Gedanken zu vernebeln? Und führten wir nicht die gleichen abschätzigen Reden über die künstlichen Regeln der gesellschaftlichen Ordnung?

Welcher Instinkt gab gerade mir ein, nur vorübergehend in diesen Milieus zu verweilen und nicht darin zu versinken und bald mausgraue Gamaschen, bald einen romantischen Filzhut zu tragen? Warum hatte ich nach zwei oder drei Deutschlandreisen genug und ging den beiden Brüdern aus dem Weg?

Warum nur … Warum? …

Und warum trennte ich mich von Deblauwe just dann, als es gefährlich wurde?

Denn bis dahin machte Deblauwe, wie übrigens auch Danse, noch immer eine gute Figur; als ich nach relativ kurzer Zeit aus der Redaktion austrat, stand er gesellschaftlich hoch im Kurs, und es hätte durchaus so bleiben können, und er wäre dem Schicksal entronnen …

Auch Danse stand es noch frei, Buchhändler zu bleiben, nebenbei Verse zu schmieden, Autographen zu sammeln, sich bei Umzügen hervorzutun, in seinem Hinterzimmer Magie zu betreiben und seine Libido auf diskrete Weise zu befriedigen.

Von der vierten Nummer von *Nanesse* an – oder der fünften oder sechsten, ich weiß es nicht mehr – war es zu spät. Die Würfel waren gefallen. Zuerst gemeinsam, dann jeder für sich, stürzten sich die beiden kopfvoran in den Abgrund und ins Verbrechen.

6

Als der Skandal in Lüttich ausbrach, war es, wie wenn sich jemand bei einem Galadiner danebenbenimmt. Jeder kaufte *Nanesse*, keiner wollte sich das entgehen lassen, und man brauchte nichts von Journalismus zu verstehen, um zu ermessen, welch ungeheuerliches Schlachtfest da veranstaltet wurde.

Paris, da kann ich mich gut erinnern, wurde unmittelbar nach dem Krieg von solchen kleinen, mehr oder weniger schlüpfrigen oder »galanten« Zeitungen geradezu überschwemmt. Einige dieser Blätter wurden allerdings von Amateuren herausgegeben, die aus dem Handel oder aus der Industrie kamen. Man sah es auf den ersten Blick, denn was anderswo noch als ziemlich harmloser Scherz gelten konnte, wurde in diesen Zeitungen zu einer glatten Schweinerei.

Ähnlich verhielt es sich mit *Nanesse*. Der Rumäne hatte darin zwei erpresserische Artikel veröffentlicht, und niemand hatte etwas gemerkt außer den Betroffenen.

Da klickte Danse plötzlich aus, verlor jegliches Maß und machte alles herunter, auf die gemeinste, vor allem aber geschmackloseste und vulgärste Art.

»Wir werden diese Augiasställe ausmisten ...«

Von seinem ersten Artikel an prangerte Danse kunterbunt alles an, was sich in diesen Ställen befand und

was er aufs Geratewohl an vergangenen Enttäuschungen und altem Groll zusätzlich hineinprojizierte.

»Jawohl, Monsieur C., Sie mit Ihrem prächtigen Auto, das uns jedes Mal vollspritzt, wenn Sie darin vorbeifahren, wir werden durch unwiderlegbare Zeugenaussagen beweisen, dass der kleine Angestellte der Firma Z., der Sie einmal waren, es nur der Großmut seines Chefs verdankt, dass er nicht der Justiz überantwortet wurde ...: Wie Sie sich durch Briefmarkendiebstahl zusätzliche Einkünfte von hundert Franc im Monat verschafften, was Ihnen gestattete ...«

Nach Monsieur C. kam ein Richter an die Reihe:

»Wir werden Ihnen, dem unbescholtenen Richter sagen, wo Ihre verehrte Frau Gemahlin, die heute in ihrem Salon die feine Dame spielt, vor ihrer Heirat anzutreffen war, als sie noch die ›schöne Zozo‹ war, die ihre Gunst an den Meistbietenden verkaufte ...«

Es gab kein Halten mehr. Der Damm war gebrochen. Es war wie Dantes Inferno aus der Feder eines kleinen Büchertrödlers, der sich als Savonarola aufspielt und, mit einem schlauen Augenzwinkern zu den billigen Plätzen im Publikum, damit noch Geld machen will.

»Und Sie, Herr Stadtrat, leugnen Sie etwa, dass Sie jeden Freitag ein gewisses Haus in der Rue de la Rose aufsuchen, wo eine gewisse Noémi, nicht grundlos Mimi genannt, sich besser als jede andere in Ihrer Anatomie auskennt? Müssen wir deutlicher werden? Wollen Sie uns zwingen, der Zensur zum Trotz ...«

Die braven Leuten konnten es nicht fassen. So etwas hatte es noch nie gegeben. Man fragte sich, wie es wei-

tergehen würde, und vor allem, wer da plötzlich seinen Kropf leerte …

»*Monsieur P., Fleischer mit Wucherpreisen, Volksausbeuter, erwarten Sie keine Gnade: Wir werden alles sagen* …«

Und der Kerl druckte die vollen Namen, mit Adresse und allem.

»*Die Lütticher seien gewarnt: Die Eiterbeule wird aufgestochen, und wenn sie stinkt wie die Pest und gewisse empfindsame Seelen sich die Nase zuhalten werden* …«

Kam es in diesen Wochen zum Zerwürfnis zwischen Danse und Deblauwe? Ich weiß es nicht. Ich war nicht mehr dabei in dem kleinen Raum, in dem ich vorher auf meinem Direktorensessel – der in Wirklichkeit nur ein Stuhl mit Strohgeflecht war – gethront hatte.

Deblauwe sah ich zwar weiterhin täglich auf dem Zentralkommissariat, wo wir für unsere Lokalnachrichten die Polizeiberichte durchstöberten, doch er verlor nie ein Wort über seinen Mitarbeiter und dessen Prosa. Er war wohl sehr beredsam, doch von sich und von seinen Freunden sprach er nie.

Nun gibt es zwei Sorten von Menschen, die sich über ihr Privatleben hochmütig ausschweigen: die Aristokraten einerseits und die Leute aus dem »Milieu« andererseits, wobei Letztere auf ihre Art ebenso hochmütig wie Erstere auf die empörte, verdrossene Menge mit ihren Alltagssorgen herabsehen.

Da lebte ich sozusagen mit ihm Seite an Seite, wir waren Kollegen und begegneten uns fast täglich. Auch im Heringsfass sahen wir uns zuweilen noch, wo er

sich alles andere als in Schweigen hüllte und im Gegenteil viel öfter und länger das Wort ergriff, als uns lieb war.

Trotzdem wussten wir nichts von ihm, jedenfalls weniger als von jedem anderen aus unserem Kreis. Dass er eine Frau in Barcelona hatte und sie zuweilen besuchte? Das war weiter nicht weltbewegend. Dass er während des Kriegs als Journalist in dem zwielichtigen Milieu rund um die Rue de Montmartre verkehrt hatte, zu dem auch die Überlebenden der berüchtigten Bonnot-Bande und einige ehemalige Sprengstoffspezialisten gehörten? Wenn er gelegentlich darauf anspielte, so machte er diese Zeit in seinem Leben damit nur geheimnisvoller. Im Grunde verachtete er uns alle, Redakteure und Direktoren, Bohemiens und Herrensöhnchen; und zeigte uns seine Verachtung nicht einmal, da wir ihm sogar dafür zu blöd waren.

Bei seinem Prozess rief der Verteidiger den Geschworenen zu:

»Ich gebe ja zu, dass mein Klient ein verkommener Mensch ist …«

Meiner Meinung nach war Deblauwe mehr als das, denn um zu verkommen, muss man zuerst ein braver junger Mann gewesen sein, und in dieser Rolle kann ich mir Deblauwe schwer vorstellen.

Danse hätte vielleicht noch einen selbstgefälligen Spießer abgegeben. Aber Deblauwe?

Nanesse wurde zu einem Skandal, und er war bestimmt nicht stolz darauf, wenn er es auch nie sagte. Er blieb der Alte mit dem taillierten Mantel, dem schwarzen Filzhut, dem Spazierstock, der ledernen Akten-

mappe und dem dünnen Schnurrbärtchen, unter dem die spitzen Zähne blitzten.

Übrigens lächelte er oft, aber ich kann mich nicht erinnern, dass er je gelacht hätte. Es gab ja auch nichts zu lachen.

»Wir sind stolz, unseren Lesern und somit der gesamten Lütticher Bevölkerung mitzuteilen, dass wir täglich ganze Berge offizieller Schreiben erhalten. Das ist der Beweis dafür, dass unsere Säuberungskampagne alle jene trifft, für die sie bestimmt ist. Diese Herren glauben, dem rächenden Besen Einhalt gebieten zu können, indem sie an eine Justiz appellieren, die nicht minder korrupt ist als sie und deren Machenschaften wir ebenfalls bald aufdecken werden ...«

Ich habe seitdem Erpresser ganz anderen Kalibers kennengelernt, und zumindest eins hatte Danse mit ihnen gemein: Auch er vermied es, sich in der Öffentlichkeit zu zeigen, das heißt, überall dort, wo man ihn hätte zur Rede stellen können.

Sicher hat er auch eigenhändig am Abend die Läden seiner Buchhandlung verriegelt und das Einschnappen der Sicherheitsschlösser nachgeprüft. Ferner bin ich überzeugt, dass die Schubfächer seines Schreibtisches ein ganzes Waffenlager enthielten und dass er sich auf der Straße möglichst in Hörweite der Polizisten hielt.

»Schon wieder eine heimliche Niederkunft ...«

Alles war ihm recht, die sittlichen Vergehen, die kleinen Schwindeleien, der alte Klatsch von vor zwanzig Jahren. Man fragt sich, wie ein einziger Mensch in seinem Hirn so viele Skandalgeschichten ansammeln

konnte; man sollte meinen, er hätte von Geburt an sämtliche Nachttöpfe und Papierkörbe der Stadt geleert.

Eines Morgens erschien Deblauwe nicht auf dem Kommissariat. Am folgenden Tag vertrat ihn jemand von seiner Zeitung und sagte:

»Er ist fort.«

»Für immer?«

»Man kann nie wissen. Es ist schon zweimal passiert, und jedes Mal erzählte er, er werde nicht wiederkommen.«

»Ist er in Spanien?«

»Natürlich.«

So wurde Hyacinthe Danse Alleininhaber der *Nanesse*, er war Direktor, Redakteur und Laufbursche in einer Person; damals glaubte er wohl, der Traum seines Lebens habe sich erfüllt.

Fragen Sie mich nicht, was Kabaretts wie der Rote Esel, wie man sie in fast allen Provinzstädten findet, mit den Boulevards von Barcelona zu tun haben, warum man dort dem gleichen Völkchen begegnet wie um die Rue Montmartre herum …

Das geht meiner Meinung nach auf die Generation vor uns zurück, die, anstatt im Heringsfass über Plato und Gott zu diskutieren, heimlich anarchistische Zeitungen druckte.

Wenn Deblauwe damals in die Ferien fuhr, fragte ich mich naiv:

»Warum gerade Barcelona?«

Ja, warum nicht Nizza oder Italien? Denn ich glaubte ihn auf der Suche nach Sonne und malerischen Orten.

Desgleichen die fetthaarigen Chansonniers im Roten Esel, die rachedürstige Couplets sangen und sich über ihre »Freunde in Barcelona« unterhielten. Auch sie sprachen »Barcelona« so aus wie Mohammedaner den Namen »Mekka«.

Später in Paris sagten meine Freunde aus der Journalisten- und Malerclique manchmal auch nebenher:

»Nächste Woche fahre ich für ein paar Tage nach Barcelona ...«

So wie man gewisse politische Fanatiker an ihren Bärten oder Schuppen oder auf der Straße die Mitglieder des Arbeiterstands erkennt, so habe ich gelernt, von weitem »die von Barcelona« zu wittern.

Leider hat ein junger Mensch heute wohl einige Mühe, unsere mystischen Orgien im Heringsfass zu verstehen, und so geht es mir mit der anarchistischen Begeisterung.

Das sind Modeerscheinungen, die nicht lange dauern. Viele von denen, die jene denkwürdige Weihnachtsnacht mit dem kleinen K. verbrachten, bevor er sich erhängte, sind heute harmlose und ehrbare Bürger.

Und ich kenne so manche Zeitungsdirektoren und Industrielle, die in diesen heroischen Zeiten »Barcelona-Leute« waren.

Vielleicht gehörte Deblauwe in ihren Augen nicht dazu. Das ist ihre Sache. Jeder verteidigt seine Mystik. Und jeder öffnet nur dem die Tore seiner Religion, der ihm gefällt.

Wir zum Beispiel erkannten den Fakir nicht als einen der unseren an, und obgleich wir uns am Tod des kleinen K. irgendwie mitschuldig fühlten, behaupteten wir, der Fakir sei sein Mörder.

Die von Barcelona können also Deblauwe ruhig so wie wir den Fakir behandeln und ihn als gemeinen Zuhälter hinstellen.

Der Vergleich hat was für sich. Der kleine K. war ein Opfer, weil er nichts begriffen hat. Er verstand nicht, dass wir zwar Fusel und Äther tranken, um unseren Mystizismus aufzupeitschen und Satan oder den lieben Gott anzurufen, dass man aber nicht zu weit gehen durfte, indem man die Ursache für die Wirkung und die Wirkung für die Ursache hielt, sich die Nase mit Kokain vollstopfte und sich jeden Tag in Katalepsie versetzen ließ. Vor allem hat er nicht verstanden, dass wir bei allem Ernst stets ein waches Auge bewahrten, und sei es nur, um uns am eigenen Schauspiel zu ergötzen.

Genauso Deblauwe. Alles, was man ihm sagte, nahm er für bare Münze. In seine Freiheitsmystik versponnen, die, wie im Heringsfass, durchaus auch sexueller Natur war, brachte er alles durcheinander, die Prinzipien und das Handeln, den Zweck, der die Mittel heiligt, und seine nichtswürdige Arbeit …

Wir brauchten die zwielichtige Atmosphäre als Kitzel, um uns anzustacheln, doch versammelten sich nicht auch die Revolutionäre seinerzeit auf den Dachböden oder in den Schuppen der Vorstädte, und gab es dort nicht auch anrüchige Promiskuitäten?

Er hat einfach weitergemacht! Er ist bis zum Ende gegangen, wie die beiden Brüder, die nur noch im Bordell leben konnten, und wie andere, die ich kenne und die dort ständig wohnen und ein Zimmer auf Monatsmiete nehmen, nicht weil sie lasterhaft sind, sondern weil sie dieses Ambiente brauchen.

Nachdem Deblauwe als Verleger und dann als Zeitungsdirektor gescheitert ist, begibt er sich nach Barcelona zu seiner Frau, und dort hat er alle Muße, auf der Caféterrasse über reine Politik zu diskutieren und über das, was eine Frau in Südamerika einbringt.

Diesen Teil seines Lebens kenne ich schlecht. Aber ich kenne Deblauwe und habe seitdem andere wie ihn gekannt. Zuerst einmal war er, ästhetisch und moralisch gesehen, genau an seinem Platz auf der Terrasse eines Cafés in Barcelona oder Madrid. Er besaß die entsprechende Eleganz und Lässigkeit sowie jene Art hochmütiger Zurückhaltung, dazu den Gleichmut und auch die entsprechend derben Ausdrücke, mit denen er seine Voten pfefferte.

Im Heringsfass rezitierten wir Franz von Assisi.

Deblauwe konnte ganze Seiten von *Also sprach Zarathustra* auswendig.

Warum zum Teufel nannte sein Verteidiger ihn einen verkommenen Menschen? Für mich war Deblauwe ein Aristokrat, so wie der kleine K. ein missglückter Visionär etwa in der Art eines Verlaine oder Villon gewesen war.

Doch hinter ihnen erschien, wie ein Zerrbild, die schwitzende Fratze des Spießbürgers Danse, der bald in Mystik, bald in dubiosen Geschäften machte.

Deblauwe hatte sich angewöhnt, seine Nachmittage auf den Ramblas mit Diskutieren, Rauchen und Trinken zu verbringen und sich zwischendurch wie ein Grandseigneur nach den Einkünften seiner Frau zu erkundigen. Dann hat er eines schönen Tages zwei genommen – zwei Frauen! Und darauf ist er nach

Madrid gefahren, um noch einige für Südamerika anzuwerben.

Hatte die Bonnot-Bande nicht im Namen ihrer Prinzipien einen Kassenboten ausgeraubt?

Hüben wie drüben wiegt man sich noch im Glauben, von der stumpfsinnigen Menge nicht verstanden zu werden und die Polizei austricksen zu können.

Es gibt Freuden, die wir Schüchternen nie gekannt haben, wie die, einem Kameraden Süßigkeiten ins Gefängnis zu bringen, oder die, lieber anstelle eines anderen verurteilt zu werden, als gegen ihn auszusagen.

Sehr romantisch alles. Und in der Romantik zählte ja auch nicht der Stoff, die Geschichte, sondern das, was man daraus machte.

Damals in Lüttich muss es Deblauwe unsäglich wohlgetan haben, uns alle zu verachten ... In Barcelona konnte er getrost die Idioten verachten, die geil genug waren, einer Frau Geld zu geben, das nachher in seiner Tasche landete ... Im Gefängnis verachtete er die Polizei und ihre Spitzel und den herzkranken Richter, der über die Dinge des Lebens entschied, als verstünde er etwas davon ...

Selbst das langsame »Verkommen« war sicher spannend. Man gewöhnt sich schnell an ein viertklassiges Hotel, und wenn es einem einmal besonders dreckig geht, gewinnt man selbst einer Parkbank einen gewissen Reiz ab, zumal, wenn man vorher bei einer Volksküche Schlange gestanden hat.

Dieses »Verkommen«, wie es der Anwalt nannte, hat sich hingezogen, über sieben oder acht Jahre, in denen es ihm mal besser und mal schlechter ging, mit Wutan-

fällen, weil man ihm die Frau wegnahm, und Freuden, weil er eine andere fand, die mehr einbrachte.

»Ferdinand Deblauwe, Publizist«

Denn er hat einen Beruf. Wie Raymond La Science schöpft er ein gewisses Prestige aus der Vergangenheit, und wenn er auch noch so tief sinkt, Bewunderer findet er immer noch. Bald arbeitet er bei einer Zeitung, bald gibt er sich als Sonderkorrespondent eines Pariser Blatts aus, und er verquickt Illusion und Betrug so geschickt, dass er sich bald selbst nicht mehr auskennt.

Seine Kleider werden speckig und fadenscheinig. Er lässt sich einen Spitzbart wachsen, der ihm mehr Würde verleiht. Wohin er geht, in allen Kreisen, in denen er jetzt verkehrt, mimt er den Intellektuellen, der freimütig Ratschläge erteilt.

Unterdessen setzt der Fettwanst Hyacinthe Danse seine Attacken gegen die ganze Stadt fort, hockt in seinem Ladenzimmer, wo er weiter sein schmutziges Geschäft betreibt und seine Rachegelüste stillt: Er greift Richter und Kaufleute an, sucht den Skandal, kassiert Schmiergelder und lässt sich sowohl für seine Beleidigungen als auch für sein Schweigen bezahlen.

Denn *Nanesse* erscheint immer noch. So unwahrscheinlich es auch klingen mag, aber die Leute ziehen lieber ihre Klagen zurück, als öffentlich in den Dreck gezogen zu werden. Die Behörden sind machtlos, denn der Kerl kennt sämtliche juristischen Tricks, und ein Verfahren gegen ihn würde Jahre dauern.

Keiner ist vor ihm sicher. Nach den großen Fischen kommen jetzt die kleinen dran. Es sind jetzt keine ausgewachsenen Skandale mehr, sondern nur noch Tratsch.

Hat Ihnen Ihr Mieter missfallen? Schreiben Sie an *Nanesse*, die Zeitung wird auf einer halben Seite berichten, wie die Frau des Herrn vom ersten Stock einen jungen Mann bei sich empfängt, sobald der Gatte im Büro ist, und sogar, dass sie es stets dreimal miteinander treiben!

Haben Sie Ihr Dienstmädchen entlassen? Danse wird sich die Freude machen, *in extenso* alle Beschwerden zu veröffentlichen, die sie gegen Sie vorzubringen hat, einschließlich Ihrer verstohlenen Fummeleien in der Speisekammer …

Danse und Deblauwe, deren Wege sich kurzfristig – auch mit meinem! – gekreuzt haben, trennen sich, enden jedoch beide in der Strafkolonie.

Wird Danse von den seriösen Zeitungen angegriffen? Sogleich veröffentlicht er im Faksimile die Briefe, die er erhalten hat, und erinnert daran, dass diese gleichen Zeitungen seine Gedichte brachten.

Er schlägt um sich, macht Lärm, er will, dass man von ihm spricht, schnauft und spritzt in dem zu engen Schwimmbecken.

Deblauwe dagegen ist behände untergetaucht, und keiner seiner ehemaligen Freunde sieht ihn wieder an die Oberfläche kommen. Kleine Zeitungen in Spanien und Frankreich räumen seiner anonymen Prosa hie und da ein Plätzchen ein. Und in den Freudenhäusern findet sich immer ein Bett in seiner Größe.

Seine offizielle Mätresse heißt jetzt Bergerette. Die von Danse heißt Armande und geht demselben Gewerbe nach.

Nur eine von den beiden wird ermordet werden,

aber andere Verbrechen stehen noch bevor, drei, vier, fünf ...

Deblauwe sitzt in der Tinte, die Polizei ist ihm auf die Schliche gekommen, doch das vermag ihm nichts anzuhaben, denn schließlich hat er sich absichtlich selbst außerhalb der Gesellschaft gestellt.

Jetzt gehört er zu den Leuten, denen man unter den geringsten Vorwänden ihre Papiere abverlangt, die man filzt, die man für nichts und wieder nichts aufs Revier bringt und am nächsten Morgen nach ein paar Püffen oder Tritten in den Hintern wieder freilässt.

Denkt er noch manchmal an die Zeit zurück, als wir gemeinsam die Rubrik »Unglücksfälle und Verbrechen« machten und beide brav unsere Spalten füllten?

»Dirne bestiehlt Freier – Vergangene Nacht wurde eine liederliche Person, eine gewisse Emma P., verhaftet, nachdem sie die Brieftasche eines ehrbaren Geschäftsmanns aus unserer Stadt entwendet hatte.«

Oder:

»Üble Burschen. – Ein gewisser Joseph N., ohne festen Wohnsitz, wurde wegen Zuhälterei festgenommen.«

Zuhälterei: Genau das treibt er zwischen Barcelona, Bordeaux, Madrid, Clermont-Ferrand und Saint-Etienne. Und gelegentlich auch ein bisschen Mädchenhandel, denn er kriegt sie rum, er ist ein Schönredner und durchaus fähig, ein Dienstmädchen oder eine sentimentale Bürgerstochter zu einer Schiffsreise nach Südamerika zu überreden.

Dann liest er eines Tages in der Zeitung, dass der Direktor der *Nanesse*, ein gewisser Hyacinthe D. wegen Erpressung zu zwei Jahren Gefängnis verurteilt wurde.

Nur wurde Hyacinthe D. in Abwesenheit verurteilt, weil er lange vor dem Prozess mit seiner Mätresse über die Grenze geflohen ist.

Deblauwe tut es mit einem verächtlichen Achselzucken ab:

»Geschieht ihnen recht!«

Da weiß er noch nicht, dass der andere nun das gleiche Gewerbe betreibt wie er.

Danse hat in Frankreich das mitgebrachte Geld schnell ausgegeben, und es bleibt ihm von nun an nur noch eine Einkommensquelle, die gleiche, von der Deblauwe lebt: Er quartiert Armande in einem Puff in der Rue du Caire ein, einem Haus, wo besonders am Samstag hart gearbeitet wird und wo eine Frau, die ihren Beruf versteht, kaum zu Atem kommt.

Die beiden wissen nichts voneinander, begegnen sich nie. Jeder von ihnen geht nach bestem Vermögen seinen Plänen nach, weiß wohl, dass die Zeit des Ausprobierens vorbei ist, dass man sich an die Gegenwart halten und vor allem dass man sich mit allen Kräften an die Einzige noch vorhandene Einnahmequelle klammern muss.

Bergerette … Armande …

Zwei Männer, beide über vierzig und über das Alter der Eroberungen hinaus.

Welche der beiden Frauen wird sich als Erste befreien wollen?

Welcher der beiden Männer wird zuerst morden?

7

1931! … Gemäß der allgemeingültigen Terminologie sind wir jetzt Männer, obgleich ich für meinen Teil mich nie an den Gedanken gewöhnen konnte, ein Erwachsener zu sein.

Es gibt kein Heringsfass mehr hinter der Kirche von Saint-Pholien.

Einer unserer überspanntesten Pinselkleckser leitet ein Malereiunternehmen im Baugewerbe und geht am Sonntagmorgen mit seinen kleinen Kindern auf dem Carré spazieren.

Charlotte ist verheiratet und hat ein Kind; man beteuert mir, sie sei eine ebenso gute Mutter wie jede andere, und ich hoffe, sie ist geheilt.

Von der ganzen damaligen Klasse der Akademie für schöne Künste sind nur zwei bei der Malerei geblieben, der eine hat's sogar zum Zeichenlehrer gebracht.

Hochzeiten, Geburten und Krankheiten, wie immer. Und wenn wir uns alle Jubeljahre mal begegnen, dann reden wir so wie früher meine Tanten:

»Erinnerst du dich noch an Oscar? Aber ja doch! Du weißt schon … Der immer als Erster besoffen war und ununterbrochen kotzte … Seine erste Frau ist an Krebs gestorben. Die zweite arbeitet im Warenhaus in der Spielzeugabteilung …«

»Und Olga?«

»Die wäre auch beinahe gestorben. Aber jetzt geht's ihr besser ...«

Jeder ist etwas geworden, Zeitungsgraphiker, Anstreicher, Reklameagent, Selterwasserfabrikant ...

Deblauwe lebt mit Bergerette in Madrid, und auf seinen Visitenkarten steht jetzt als Beruf Graveur. Bergerette arbeitet als Animierdame in einem Nachtlokal, und dort hat sie einen jungen Spanier mit dem romantischen Namen Carlos de Tejalda kennengelernt, der bei der Post angestellt ist.

Wochen vergehen. Deblauwe wittert etwas, belauert seine Mätresse, bis sie eines schönen Tages genug hat und ihm kurzerhand erklärt:

»So kann es nicht weitergehen! Tejalda liebt mich, und ich liebe ihn. Wir werden uns zusammentun.«

Dieser Tejalda – schon wieder einer, der ein netter kleiner junger Mann gewesen sein muss, bevor ihn die Leidenschaft der Dancings befiel.

Von nun an spielen sich die Dinge auf die banalste Weise ab. Vielmehr nicht ganz. Zumindest zwei Einzelheiten retten sie vor der Banalität.

Zuerst die Reaktion Deblauwes, der sich erinnert, dass er einmal Journalist und Erpresser gewesen ist, es packt ihn die alte Schreibwut. Im Laufe weniger Wochen richtet er an seinen Rivalen nicht weniger als *siebenundachtzig Drohbriefe*, die immer deutlicher werden und keinen Zweifel an seinen mörderischen Absichten lassen.

Und er schreibt nicht nur an Tejalda, sondern auch an die Vorgesetzten seines Rivalen, die Direktion des Post- und Telegrafenamts, die er über die Vorgänge

in Kenntnis setzt. Im selben Sinne schreibt er an die Familie des jungen Mannes, und ich male mir aus, wie er finster und zornig mit entmutigt schlappem Filzhut auf den Caféterrassen sitzt und Blatt um Blatt schwärzt, den schwachen Punkt, den zielsicheren Satz, die vernichtende Bosheit sucht.

Ich sehe ihn, wie er Bergerette am Ausgang des Nachtlokals auflauert, wo sie immer noch tanzt, und ich nehme an, dass Tejalda da ist, die Hand um den Revolver geklammert, während er seine Freundin rasch zum nächsten Taxi führt.

Das Paar reicht Klage ein, und zweimal wird Deblauwe von der Polizei festgenommen und für einige Tage wegen geringfügiger Vergehen inhaftiert.

So geht es monatelang. Als er kein Geld mehr hat, kehrt er nach Paris zurück, pumpt seine Freunde an, arbeitet ein bisschen, aber an den Abenden schreibt er weiterhin hasserfüllte Briefe nach Madrid.

Ist er wirklich in Bergerette verliebt, oder ärgert er sich nur über das Versiegen seines Einkommens?

Verbittert und ohne einen Sou fährt er wieder nach Madrid, wo er versucht, seine ehemalige Mätresse zu treffen, diese gerät in Panik und überredet ihren Liebhaber, sie nach Paris zu begleiten.

Ist dieses wirre Hin und Her nicht grotesk und von einer geradezu absurden Komik? Der Zug zum Beispiel, mit dem Deblauwe in einem Wagen der dritten Klasse in Madrid ankommt ... Dann der andere Zug, in dem das Pärchen flieht und einige Tage an der Grenze zurückgehalten wird, weil die Pässe verdächtige Kratzspuren aufweisen ...

Tejalda ist bereits kein netter junger Mann mehr, der bei der Post arbeitet und leidenschaftlich gern tanzt. Auch er wird von der Schreibwut gepackt, und all diese Briefe, die von Deblauwe, von Danse oder von Tejalda, sind letztendlich mit ähnlicher Tinte geschrieben.

Denn der Spanier, der sich den Titel eines Eintänzers zugelegt hat und die eleganten Tanztees in Paris besucht, versteht sich darauf, ältere Damen zu kompromittieren, und ihnen schreibt er dann zynische Briefe, um sich seine Diskretion teuer bezahlen zu lassen.

Das Paar wohnt im sechsten Stock eines Hauses in der Rue de Maubeuge. Beide gehen getrennt ihrer Arbeit nach, und aus ebenfalls beruflichen Gründen schlafen beide oft auswärts.

Inzwischen kratzt Deblauwe das nötige Geld zusammen, um die Reise von Madrid nach Paris bezahlen zu können … Es wird immer schlimmer, und als er in Paris ankommt, muss er sich mit einem möblierten Zimmer in der Rue de Flandre ganz draußen in Villette begnügen …

Hat er jeden Tag genug zu essen? Das ist kaum anzunehmen. Bei einem Trödler kauft er sich einen Regenmantel für zwanzig Franc.

In diesem Mantel erscheint er am 26. Juli in der Rue de Maubeuge. Sein schäbiges Aussehen fällt der Concierge auf, als er sie fragt, ob Tejalda noch im Hause wohne und ob er immer noch mit Bergerette sei.

»Was die Dame betrifft, so weiß ich nichts, denn ich habe sie seit einigen Tagen nicht mehr gesehen …«, gibt die Concierge Auskunft. »Aber Monsieur Tejalda müsste jetzt zu Hause sein.«

Danach denkt sie nicht mehr daran. Am folgenden Tage wundert sie sich nicht weiter, ihren Mieter nicht zu sehen. Erst am 30., nachdem sie vergebens an seiner Tür gerammelt hat, entschließt sie sich, die Polizei zu rufen, und ein wenig später findet man die Leiche des Spaniers, der mit zwei Kugeln aus unmittelbarer Nähe erschossen wurde und seit vier Tagen tot ist.

»Polizei entdeckt die Leiche eines Eintänzers in der Rue de Maubeuge«, schreiben die Zeitungen.

»Ein Selbstmord ist nicht ausgeschlossen ...«

Bergerette meldet sich bei der Polizei und sagt aus, Tejalda habe keinen Grund gehabt, sich umzubringen. Durch sie erfährt man von der Existenz Deblauwes und den Drohbriefen. Ein Steckbrief mit der Beschreibung des Lüttichers wird in alle Richtungen versandt, denn er hat sein Zimmer in der Rue de Flandres am gleichen Tag verlassen, als das Verbrechen entdeckt wurde.

»Ein von drei Kugeln durchlöcherter Regenmantel ...«

Der Fall war nicht gerade sensationell, aber die Zeitungen berichteten davon, und der Regenmantel gab ihm die malerische Note. Es war der Mantel, den Deblauwe für zwanzig Franc gekauft und in seinem Hotelzimmer liegen gelassen hat. In Höhe der rechten Tasche des Mantels waren drei Löcher, als hätte sein Besitzer seine drei Schüsse durch die Tasche abgegeben.

Ist das nicht genau die Art jener Filmgangster, wie sie seit einiger Zeit im Kino zu sehen sind?

Deblauwe setzt noch einen drauf, einen Gag, wie ihn die amerikanischen Drehbuchschreiber nie zu erfinden gewagt hätten.

Nach einiger Zeit hören die Zeitungen auf, von ihm zu berichten. Doch die Kriminalpolizei sucht ihn noch monatelang in Frankreich und im Ausland.

Ein Jahr lang werden alle Männer, die das Pech haben, Deblauwe zu ähneln, auf den Bahnhöfen und den Grenzposten durchsucht und festgenommen. Man überprüft die Anmeldeformulare der kleinen Hotels genauer als sonst.

Sollte sich unser ehemaliger Gefährte im Alter von dreiundvierzig Jahren plötzlich als ein Verbrecher von diabolischer Gewandtheit entpuppen?

Eines schönen Tages, als man nicht mehr an ihn denkt, blättert ein Gefängnisdirektor in Saint-Etienne in seiner Kartei und stutzt. Lange betrachtet er zwei Fotos, eins von vorn, eins im Profil, dann die Fingerabdrücke.

»Ist dieser Bursche immer noch bei uns?«, fragt er.

»Jawohl, Monsieur. Er hat noch drei Wochen abzusitzen.«

»Seit wann ist er im Gefängnis?«

»Seit sieben Monaten, glaube ich. Ich werde gleich nachsehen …«

Es handelt sich in der Tat um Deblauwe, den überall, in Paris, in der Provinz, an den Grenzübergängen und im Ausland, steckbrieflich Gesuchten, und dieser Deblauwe ist die ganze Zeit in Saint-Etienne, wo er eine Gefängnisstrafe für ein geringfügiges Vergehen absitzt.

Der Mörder, der im Gefängnis allen Ermittlungen entgeht!

Ich lese in den Zeitungen, die damals über den Prozess berichteten:

»Deblauwe, trotz seiner erst dreiundvierzig Jahre

schon schlohweiß, mit Spitzbart, sieht eigentlich nicht aus wie ein Zuhälter, der er laut der Anklage geworden ist.

Er drückt sich gewählt und höflich aus und redet von der vaterländischen Pflicht, die er im Kriege erfüllt hat. Er war Mitarbeiter einer Frontkämpferzeitung, fand Gefallen an schöngeistigen Dingen, legte sich den Titel eines Schriftstellers oder zumindest eines Publizisten zu und führte den Namen de Blauw.

Er hat in verschiedenen Redaktionen gearbeitet und einige Monatszeitschriften gegründet, wie z. B. L'Ane Rouge, die wieder eingegangen sind. Keins dieser Unternehmen hatte Erfolg, worüber man nur froh sein kann ...«

Ein Foto zeigt ihn auf der Anklagebank: Er ist sehr ruhig, so wie ich ihn immer gekannt habe, und er hält den Kopf leicht geneigt, wie etwa ein gewissenhafter Delegierter auf irgendeinem politischen Kongress, und wenn er Notizen machen würde, könnte man ihn für einen Journalisten halten, der über einen Prozess berichtet.

»Verzeihung, Herr Obergerichtsrat ...«

Er hat sich schon immer etwas gekünstelt ausgedrückt, und der Spitzbart erinnert mich an den Spitznamen, den ich ihm früher wegen seiner zarten Hände, seiner affektierten Gesten und seines feinen, sich über den spitzen Zähnen kräuselnden Schnurrbärtchens gegeben hatte: Aramis.

»Leugnen Sie, diese Drohbriefe geschrieben zu haben?«

»Ich kann mir nicht erlauben, einen erwiesenen Tat-

bestand zu leugnen, Herr Obergerichtsrat. Aber vielleicht sollte man einen Unterschied zwischen Gefühlsäußerungen machen, zu denen man sich im Feuer der Eifersucht hinreißen lässt, und einem kaltblütigen, vorsätzlichen Mord …«

»Sie bestreiten also, Tejalda ermordet zu haben?«

»Ich bestreite es, Herr Obergerichtsrat.«

»Die Concierge und zwei Nachbarinnen haben ausgesagt, in Ihnen den Mann wiederzuerkennen, der sich am 26. Juli, also am Tage des Verbrechens, erkundigt hat, ob der Spanier zu Hause sei …«

Hier folgt ein mir wohlbekanntes Lächeln, ein vertrautes Zwirbeln der Schnurrbartspitzen.

»Als Journalist hatte ich häufig Gelegenheit, Strafprozesse zu verfolgen, und Sie wissen so gut wie ich, wenn nicht sogar viel besser, Herr Obergerichtsrat, wie wacklig solche Zeugenaussagen sind. So berichtete 1896 der Kriminalwissenschaftler Hans Grotz in Wien …«

Ich gebe zu, ich war gar nicht beim Prozess. Ich hätte ihm beiwohnen können, aber ich wusste, dass Deblauwe seinen Kopf aufs Spiel setzte, und wollte nicht riskieren, ihn durch meine Gegenwart zu verwirren und ihm auch nur ein Quentchen seiner Kaltblütigkeit zu rauben.

Bergerette war anwesend, und aus gutem Grunde. Hatte man es nicht ihr zu verdanken, dass die Ermittler auf Deblauwe gestoßen waren und dass man nicht auf Selbstmord ihres Liebhabers geschlossen hatte?

Vor dem Untersuchungsrichter hat sie nicht gezögert, Deblauwe der Zuhälterei zu bezichtigen und zu gestehen, ihn jahrelang ausgehalten zu haben.

Aber jetzt, da sie vor ihm steht, wird sie unsicher.

»Geben Sie zu, dass der Angeklagte Sie und Tejalda bedroht hat, nachdem Sie ihn verließen?«

»Bedroht hat er uns, ja. Aber ...«

Aber was? Was soll sie sagen, während er weiter unerschütterlich dasitzt?

»Wenn er ihn umbringen wollte, hätte er es viel früher getan. In Madrid hatte er hundertmal Gelegenheit dazu gehabt ...«

»Soll das heißen, dass Sie ihn jetzt für unschuldig halten?«

»Ich glaube, unser Bruch lag zu weit zurück, um ihn noch zu einer solchen Tat zu verleiten ...«

»Jedenfalls ist er für mich immer der charmanteste Mann gewesen, den es nur geben kann ...«

Aber da ist nun einmal der Regenmantel! Deblauwe behauptet zwar, die drei Löcher seien bereits im Stoff gewesen, als er den Mantel für zwanzig Franc gekauft hat. Der Trödler erinnert sich nicht mehr und neigt eher dazu, seine Ware zu verteidigen.

Und dann die Concierge und die beiden Nachbarinnen. Deblauwe behauptet, an diesem Tag in Charleroi gewesen zu sein, aber dort kann sich niemand erinnern, ihn gesehen zu haben.

Man redet von Verkommenheit, von gestrandeter Existenz ... Doch solche Worte, das weiß ich, können ihm nur ein geringschätziges Lächeln entlocken.

Man redet von den Puffs, in denen er verkehrt, und von all den Gewerben, die er ausgeübt hat. Ich glaube, er war sogar stolz darauf!

Die Geschworenen blicken ihn neugierig an, und bei

jedem unmoralischen Detail, das man ihnen enthüllt, zucken sie zusammen. Dann ziehen sie sich würdevoll zurück. Als sie wieder erscheinen, sind sie ein wenig röter, und ihr Vorsitzender hüstelt, bevor er von seinem Zettel liest: *»Schuldig im ersten Anklagepunkt; nicht schuldig im zweiten.«*

Sie wollten ihm seinen hübschen spitzbärtigen Kopf lassen und haben sich netterweise für nicht vorsätzlichen Mord entschieden.

»Zwanzig Jahre Zwangsarbeit und zwanzig Jahre Verbannung«, verkündigt der Richter.

Das ist alles? Zumindest soweit es die Geschworenen, die Justizbeamten, die Journalisten und uns betrifft. Eine Tür öffnet sich, und Deblauwe wird von den zwei Polizisten hinausgeführt.

Doch für ihn ist es nicht alles. Es fängt eigentlich erst an. Rechnen wir nach: mit dreiundsechzig, bei guter Führung auch früher …

Ich wette, er wird dann immer noch der Gleiche sein, gelassen, mit ironischem Blick, gepflegtem Spitzbart und zarten weißen Händen. Denn er wird dort natürlich nicht auf der Straße Steine klopfen müssen. Man wird ihm eine Arbeit im Büro oder im Krankenzimmer finden. Er kann wunderbar Geschichten erzählen, und ich möchte schwören, dass er die Strafvollzugsbeamten beeindrucken und als eine Art Persönlichkeit gelten wird.

Wer weiß? Vielleicht wird er auf die Idee kommen, mit der Vervielfältigungsmaschine eine Bagno-Zeitung zu drucken.

Ich habe einmal in Saint-Martin-de-Ré einem Ab-

transport beigewohnt. Unter den Strafgefangenen befand sich der in einen eleganten Golfanzug aus braunem Tweed gekleidete Doktor Laget, und die ganze Zeit hindurch, die die Formalitäten dauerten, trotz der Schaulustigen und der Kameraleute, trotz der Ketten, die er an den Händen und Füßen trug, wirkte er immer noch wie ein Mann von Welt, und man hätte sogar meinen können, dass er zuweilen glücklich lächelte, während seine Leidensgefährten ihm bereits ihren Respekt bekundeten.

Warum sollte Deblauwe eine Zuversicht verlieren, die ihn nie verlassen hat?

Und falls sie dort Zeitungen erhalten, was mag er sich wohl gedacht haben, als Danse ein Jahr später ebenfalls …

Für diesen verliefen die Dinge ganz anders. Als er vor Gericht stand, hat niemand erklärt, *er sei immer der charmanteste Mann gewesen, den man sich denken kann …*

Man musste alle möglichen Listen anwenden, um den Angeklagten überhaupt nur ins Justizgebäude zu bringen, und wären all die Gendarmen nicht gewesen, so hätte die Menge den Prozess überflüssig gemacht.

Ungefähr zur Zeit, als Deblauwes Prozess stattfand, mietete der ehemalige Buchhändler, dessen alte Mutter ihm nach Frankreich gefolgt war, ein geräumiges Landhaus am Dorfrand von Boullay-les-Trous, direkt gegenüber dem Teich, an den morgens und abends die Tiere zur Tränke kamen.

Auch Danse gab an, den für viele Abenteurer so verführerischen Beruf eines Publizisten auszuüben.

Auf die Vermieter machte der fette und behäbige Danse den denkbar ehrbarsten Eindruck, ein Mann, der nur von seinen Beziehungen zu offiziellen Kreisen sprach und von dem Opfer, das er seiner Mama brachte, um derentwillen er sich aufs Land zurückzog.

Der Einzug fand statt, und wie in allen Dörfern zuckten die Gardinen der Nachbarn, die die weder reich noch arm, eher kunterbunt zusammengewürfelten Möbel und Nippsachen einzuschätzen versuchten.

Eine nichtssagende, recht bescheidene junge Frau, die Danse als seine Cousine vorstellte, half beim Einrichten und stieg anschließend in den Zug nach Paris.

Es war Armande Comtat, Pensionärin eines Puffs in der Rue du Caire. Armande Comtat, die tagsüber wie eine schüchterne Kleinbürgerin aussah.

Bücher, eine Menge Bücher, viel mehr, als die Bauern je gesehen hatten, und dazu seltsame Gegenstände, bei denen es einem kalt über den Rücken lief, verzerrte Masken, die wie tote Gesichter aussahen, Schädel und Knochen, die Danse mit peinlicher Sorgfalt auspackte.

Trotzdem war er brav, wie man in Südfrankreich sagen würde. Gar nicht eingebildet! Schon nach wenigen Tagen erschien er im Café, schüttelte allen leutselig die Hand, trank jedem zu.

»Ich verstehe nicht, wie die Menschen so närrisch sein können, im hektischen Lärm der Städte wohnen zu wollen!«, erklärte er.

Und die Bauern, die sicher lieber in Paris gelebt hätten, fanden es tröstlich, dass einer sie um ihr Los beneidete.

»Wissen Sie, dass Boullay dank mir noch mal berühmt

werden wird und dass die Leute von überall hierher pilgern werden, wie nach Lourdes oder Lisieux?«

Das war allerdings schon schwerer zu schlucken. Die Bauern blickten einander argwöhnisch an. Hüstelten. Tja, was wollte er eigentlich damit sagen? Konnte der Mann denn in die Zukunft sehen?

»Es wird kommen, wie ich euch verkündige! Ich bin der Hohepriester einer neuen Religion ...«

Das konnte ja heiter werden!

»Eines muss man ihm lassen«, fanden die Bauern. »Er ist sehr gut zu seiner alten Mutter!«

»Aber wer ist diese Frau, die jeden Freitag aus Paris kommt und am Sonntag abreist?«

»Man hat mir erzählt, sie schlafen zusammen im selben Zimmer ... Man hat Licht im Fenster gesehen ...«

»Und wenn schon! Da ist doch nichts dabei ...«

Danse hatte einen Vorteil: Er war dick, fast unförmig, und wohlbeleibten Männern misstraut man nicht, besonders wenn sie ein glänzend rosiges Gesicht und Schweinsäuglein haben.

Außerdem unterbrach er einen nie, hörte sich geduldig alles an, was man ihm erzählte, ganz gleich, ob Dorfklatsch oder Klagen über die Machenschaften gewisser Kaufleute, die es ein bisschen zu weit trieben und die armen Bauern auspressten.

»Sie werden sehen, wie sich das alles eines Tages ändern wird!«, gelobte er.

Er liebte es, in Pantoffeln auf der Schwelle seines Hauses zu stehen, den Leib in einen weiten grellfarbenen Schlafrock gehüllt, und man hätte meinen können, dass er dann die Luft in kleinen genießerischen Zügen

kostete und mit seinen Augen die Landschaft liebkoste wie ein Kunstliebhaber eine Tanagra-Statue oder eine chinesische Lackmalerei.

Der Teich gefiel ihm ungemein, besonders wenn eine Schafherde in der Abenddämmerung dort trank, denn das erinnerte ihn an Bilder, die die Chromolithographie populär gemacht hat.

»Ich werde dieses Haus Thebais nennen«, verkündete er feierlich. »Und dank der Thebais wird das Dorf Boullay in den kommenden Jahrhunderten berühmt sein.«

In Wirklichkeit besaß er keinen roten Heller. Er hatte sich aufs Land geflüchtet, weil er mittellos war und dort leichter von dem leben konnte, was ihm Armande Comtat einbrachte.

Seine Mutter besorgte den Haushalt, seine Mätresse half ein bisschen am Wochenende, und er selbst hatte auch nichts dagegen, in der Küche herumzuwerkeln und ein leckeres Stück Fleisch einzukaufen und zu braten.

»Der Mann ist ein Original!«

Für einen Bauern sagt dieses Wort alles! Er war eben ein Original, Punkt, Schluss! Ein Original, das niemandem wehtat und sich rührend um seine Mutter kümmerte.

Gewiss, er bezahlte die Lieferanten nicht immer pünktlich, aber das kam nur daher, weil er ein Bankkonto in Paris hatte und manchmal nicht die Zeit fand, dort die nötigen Gelder abzuheben.

»Nächste Woche bezahle ich Ihnen die Rechnung …«

Um zu zeigen, dass Geld für ihn keine Rolle spielte

und dass er nicht nachtragend war, verdoppelte er die Bestellung wie einer, dem es nicht darauf ankommt.

»Vergessen Sie nicht, was ich Ihnen sage: Eines Tages wird die Thebais …«

Und diesen Tag haben die Bauern dann in der Tat erlebt.

8

In einem Keller im Stadtviertel Saint-Martin wohnte ein hagerer, trauriger Mann, der den ganzen Tag im Licht einer Fünfundzwanzig-Watt-Birne Pakete packte, Rechnungen, Lieferscheine und Adressen schrieb und Briefmarken klebte ... Er war sein eigener Geldgeber, Direktor, Auslieferer, Packer, Lagerhalter und Laufbursche in einer Person.

Er hatte einen Verlag kleiner erotischer Bücher mit verlockenden Umschlägen.

Ich kannte einen anderen, ebenso einsamen und farblosen Mann, der ebenfalls Pakete packte und der am Nachmittag auf der Post erstaunliche Mengen kleiner Geldüberweisungen aus ganz Frankreich, der Schweiz und Belgien kassierte. Dieser ließ seit zwanzig Jahren ein immer gleiches Inserat in den Zeitungen erscheinen: *»Verdienen Sie täglich fünfzig Franc bei sich zu Hause. Leichte Arbeit. Das vollständige Material und die Anweisungen: vierzig Franc.«*

Und was schickte er seinen Kunden? Einen billigen Aquarellkasten, ein paar Postkarten zum Kolorieren und eine Notiz, in der erklärt wird, wie man mit täglich zweihundert kolorierten Karten ...

Ich bin sicher, dass diese beiden vom gleichen Schrot wie Danse waren. Erklären kann ich es nicht, aber ich fühle es. So gibt es eine gewisse Spezies von Alleingän-

gern, die sich nie gründlich waschen, die ihr Essen auf einem schlechten Gasbrenner kochen und die mit sadistischer Freude die Leichtgläubigkeit der Leute ausnutzen.

Danse, der sich jetzt Armand Montaigle-Claudel nannte, gab eine Zeitung heraus, deren einziger Redakteur er war und von der nur eine Nummer erschien. Diese Zeitung hieß *Savoir* und enthielt nur Artikel, die der Gründer unter verschiedenen Pseudonymen selbst geschrieben hatte.

So zum Beispiel folgendes Kurzinterview:

»Armand Montaigle-Claudel intim. – Im August vergangenen Jahres hatte ich das Glück, dem Dichter und Philosophen Armand Montaigle-Claudel in Deauville zu begegnen und ihm unter Aufbietung aller Geschütze mit meinen Fragen zu Leibe zu rücken. Schon lange hatte ich mir gewünscht, durch ein schonungslos wohlgezieltes Interview zu erfahren, was für ein Hirn diesen legendären Mann belebt. Lächelnd, schwungvoll und mit Esprit antwortete der Weise auf meine Fangfragen, und amüsiert, wie er mir gestand, über diese Gymnastik des Intellekts, die ihm gestattete, von Erinnerung zu Erinnerung und von Beichte zu Beichte zu hüpfen.

›Sie haben sich geschworen, mich auszuziehen‹, sagte er lachend, ›aber lassen Sie mir bitte wenigstens meine Unterhose, denn, wie Sie sehen, schauen uns Damen zu.‹«

Ich stelle mir vor, wie er mit leicht vorgestreckter Zunge und in seinem schmierigen Schlafrock diese Artikel schreibt. Er stellt die Fragen und beantwortet sie.

»Welche Tätigkeit halten Sie für die beste?«

»Leben! Solange man lebt, ist alles möglich!«

Und er liebt das Leben so sehr, dass er nach dem Mord an zwei Frauen noch einen Mann in Belgien umbringen wird, um so seinen Kopf zu retten!

»Welchen Philosophen verabscheuen Sie am meisten?«

»Schopenhauer, den Belieferer der Totengräber!«

Dabei wird er wenige Monate danach ein Blutbad anrichten!

»Ihre schrecklichste Erinnerung?«

»Eine Autopsie an einem eisigen Januartag auf dem Friedhof von Molières.«

Bald werden die Ärzte seinetwegen drei Autopsien vornehmen müssen!

»Welches ist Ihr größtes geistiges Vergnügen?«

»In den Augen eines Idioten als ein Schwachsinniger zu gelten.«

Und vor dem Schwurgericht wird er die Ärzte, die sich weigern, ihn als wirklich verrückt anzuerkennen, aufs übelste beschimpfen!

»Ihre liebste Wollust?«

»Sie sind mir zu neugierig. Aber der zärtliche Kuss der nächtlichen Brise in einer schönen Sommernacht missfällt meiner Haut nicht!«

Und die unreifen Körper unserer Freundinnen in den kalten Kriegswinternächten?

»Wer hätten Sie gern sein wollen?«

»Gott, Wissenschaftler! Oder das Meer in seiner All-

macht! Oder der himmlische Äther in all seiner Rein-heit! Aber ich bin zufrieden, ich selbst zu sein, und ich danke dem Schicksal, dass ich so bin, wie ich bin.«

Beneideten nicht auch einige unserer Freunde im He-ringsfass den lieben Gott?

»Was ist Selbstmord?«

»Eine Bleikugel, die endlich ein armes Hirn möbliert, in dem nichts war.«

So macht er auch keinen Selbstmordversuch und sitzt lieber lebenslänglich im Zuchthaus.

Über alles hat er etwas zu sagen, Kunst, Literatur, Na-turwissenschaft, über die Weisheit und das Unendliche, doch dann kommt plötzlich wieder der Schlaumeier zum Vorschein, als er folgende Frage an sich richtet:

»Essen Sie manchmal gern außer Haus?«

»Ja! Vorausgesetzt, dass die Speisen mir unter dem Zeichen der Freundschaft und in einer geistvollen und offenen Atmosphäre serviert werden. Ich liebe auch den Rahmen...«

Aufgepasst also! Die Gastwirte der Gegend sind ge-warnt! Danse konnte es nicht lassen, sich einige mate-rielle Vorteile zu sichern.

Gäbe es eine Schule für Romanschriftsteller, so wäre diese Nummer von *Savoir* dort eine Art Handbuch. Sie führt uns jedenfalls vor, wie arm unsere Vorstellungs-kraft doch ist!

Danse, der sich wie eine fette Ratte in seiner Thebais versteckt, Danse, dem ein Freudenmädchen jede Woche das im Puff verdiente Geld bringt, Danse, der in Belgien wegen Erpressung zu zwei Jahren Gefängnis verurteilt

ist, trägt dick auf, wenn er unter dem Titel *Ein Idealist! Friede unter den Völkern!* schreibt:

»Der Weise von Boullay zeigt seine wunderbare Ausstrahlung und die Größe seiner idealistischen Seele nicht nur in der bewundernswert rührenden Art, sich brüderlich der Schmerzen, der Unruhe und Ungewissheit seiner lieben konsultierenden Besucher anzunehmen. Für ihn ist das Absolute, das erträumte Ideal ein einziges, alles zusammenfassendes Wort: Friede! Und um den Frieden in seiner Seele zu erhalten und auf diese Weise in den Genuss absoluter Gemütsruhe zu gelangen, bemüht er sich im Maße des Möglichen, dieses Wort in die Herzen seiner Ratsuchenden zu prägen, ganz so als wollte er es über der ganzen Welt leuchten lassen, vor allem über Europa!

Seine berühmte Elegie an Briand, die um das ganze brodelnde Europa reiste, beweist, zu welchen Gipfeln Gedanken und Träume des Dichters sich emporgeschwungen haben.

Und wenn es Romain Rolland zu Ruhm gereicht, sich »über dem Gemenge« zu halten, so gereicht es Armand Montaigle-Claudel zu noch viel größerem Ruhm, wenn er sich bemüht, eine neuerliche Katastrophe zu vermeiden!«

Doch sogleich und wie immer zeigt sich dann wieder der Schlaumeier, der beim Deklamieren mit einem Auge lacht und mit dem anderen nach der Brieftasche seiner Kunden schielt. Und da er ein guter Kaufmann ist, wartet er mit Empfehlungen auf, die er veröffentlicht:

»Ich beglückwünsche Armand Montaigle-Claudel zu
seinem dem Andenken Aristide Briands gewidmeten
Gedicht...
Albert Lebrun
Präsident der Republik«

»... Ich habe mit Rührung Ihre Elegie gelesen... Sie
wissen, wie glühend ich alle jene bewundere, die dem
Ideal des Friedens dienen, und können meine zutiefst
empfundene Freude bei der Lektüre eines solchen, von
einem so edlen und großmütigen Gedanken inspirierten literarischen Werks ermessen... In Dankbarkeit...
in herzlicher Zuneigung...
Raymond Patenôtre
Abgeordneter des Dept. Seine & Oise
Minister für Erziehung und Unterricht
Unterstaatssekretär im Ministerpräsidium«

»... man liest mit Rührung Ihre Elegie zu Ehren Aris-
tide Briands...
S. E. Von Hoesch
Ehemaliger Deutscher Botschafter in Paris«

»... ich gratuliere Armand Montaigle-Claudel zu den
edlen Gefühlen, die er in seiner schönen Elegie an
Aristide Briand zum Ausdruck bringt...
Maurice Dekobra
Romancier«

Und so geht es weiter auf mehreren Seiten und in kleiner Schrift.

Dann folgt das Stück reiner Poesie, die kleine blaue Blume, die Danse übrigens diesmal mit einem weiblichen Pseudonym unterzeichnet und die er mit entwaffnender Schlichtheit *Ein Haus* nennt.

Das seine natürlich! Man sieht es auch auf einem Foto, in der Abenddämmerung und mit der unvermeidlichen Schafherde am Teich.

»Es ist ein sehr milder Juliabend in der Île de France, feierlich und leicht, wie eine zu schöne Göttin, die sich, die Augen niederschlagend, langsam das strahlende Gesicht verhüllt ...«

Und weiter:

»Erfüllt die ruhespendende Betrachtung dieser getreuen und wunderbaren Aufnahme der Thebais von Boullay nicht das Auge mit einem reinen und magischen Entzücken, das Herz mit einem köstlichen und tröstlichen Gefühl des Friedens, die Seele mit labender Verklärtheit und den Geist mit einer unendlichen Gewissheit? ... Raum und Zeit scheinen wie aufgelöst angesichts dieses so ländlichen Bildes, das der Beschauer zweihundert Meilen von den Tentakeln der Hauptstadt wähnt, obwohl es nur sechs Meilen von dem fieberhaften Paris gelegen ist!

Vorbestimmt, das Heim des Dichters zu sein, des Weisen, des Philosophen, des tiefen und subtilen Denkers, der zurückgezogen von den Menschen lebt und ihnen doch durch das Menschliche seiner Kunst so nahe ist und dessen vom unaufhörlichen Traum der ewigen Feerie inspirierte Feder in ihrem erhabenen Schwunge so vortrefflich die unfassbaren und göttlichen Aspekte des Unwirklichen zu übertragen vermag!«

Doch die Kaufleute der ganzen Gegend wurden von einem anderen Danse aufgesucht, einem weniger inspirierten, jedoch nicht minder herzlichen Danse, der ihnen erklärte:

»Sie wissen, dass meine Zeitung erscheinen und weltweite Beachtung finden wird. Von überall werden die Leute in die Gegend kommen, und Sie alle werden davon profitieren. So ist es nur natürlich, dass Sie mir über die ersten Unkosten hinweghelfen ...«

Und dann fügte er ganz nebenbei hinzu:

»Es versteht sich von selbst, dass ich diejenigen, die mir diese Hilfe verweigern, als persönliche Feinde und Feinde meiner Ideen betrachten muss. In solchen Fällen werde ich mich möglicherweise gezwungen sehen, gewisse Dinge, die mir bekannt sind, ans Tageslicht zu bringen ...«

Aber auch den Bauern sind inzwischen »gewisse Dinge« bekannt geworden. Sie haben sich über die Besucherin erkundigt, die jeden Freitag kommt, und wissen jetzt, welchem Gewerbe sie in Paris nachgeht und dass sie die einzige Einkommensquelle des Weisen ist.

Einige grüßen ihn nicht mehr. Im Wirtshaus redet man voller Abscheu von ihm, und eines schönen Morgens steht in riesigen Buchstaben an seinem Haus: *Zuhältervilla.*

Beim Bürgermeister gehen die ersten Klagen ein. Dieser begibt sich eines Tages in die Stadt, spricht bei der Polizei vor, und so erfährt man, dass der berühmte Weise in seinem Lande zu zwei Jahren Gefängnis verurteilt ist.

Das Klima verschlechtert sich zusehends. Die Ge-

schäfte weigern sich, die Thebais zu beliefern, und wenn Danse sich im Dorf blicken lässt, wenden alle den Kopf ab, die Dorfbuben spucken auf den Boden und stoßen tierische Laute aus.

Man diskutiert im Gemeinderat und beschließt, einen offiziellen Ausweisungsbefehl für den Unerwünschten anzufordern. Man erwähnt, dass er Totenköpfe in seinem Arbeitszimmer hat und schwarze Magie betreibt. Er dagegen droht und schwört Rache, nur durch Beschwörungen und geheimnisvolle Zauberformeln.

Eine Art Sicherheitssperre bildet sich um ihn, aber er scheint es nicht zu bemerken, schreibt weiterhin bei Lampenlicht bis spät in die Nacht, schöpft frische Luft auf der Schwelle seines Hauses, fährt von Zeit zu Zeit nach Paris, verschickt große Mengen von Briefen, erhält jedoch nur wenige.

Der Rahmen ist immer noch dieses ziemlich schlecht möblierte Bauernhaus mit seiner Unordnung, den verblichenen Gardinen, dem Trödelkram und den alten Büchern. Eine Beethoven-Büste thront auf dem Ehrenplatz.

Später reisen die Leute aus dem Dorf nach Lüttich, um vor dem Schwurgericht auszusagen, und mit ihnen auch die Vermieterin, eine kleine Alte von dreiundsechzig Jahren und ganz nach der alten Mode in Schwarz gekleidet.

»Diese Frau, meine Hauswirtin, war es, die mich meinen Feinden ausgeliefert hat!«, schrie Danse wütend. »Sie war eifersüchtig auf Armande. Sie rieb sich an mir! Mit dreiundsechzig Jahren! Meine Herren Geschworenen, urteilen Sie selbst!«

Dann erklärte der Gendarmeriewachtmeister:
»Zuerst hat mir Danse Vertrauen eingeflößt. Ich sah ihn oft. Er konnte sich gut ausdrücken und wusste eine Menge. Später erhielt ich Klagen gegen ihn und von ihm. Er wurde ein anderer Mensch ...«
Der Vorsitzende fragte:
»Warum haben die Leute in Boullay ihn so gehasst?«
»Seitdem er sich als Spiritist betätigte, hatten sie Angst vor ihm!«
Und dann folgte eine wirre Geschichte, in der sich niemand zurechtfand. Danse hat dem Wachtmeister erzählt, die Frau des Kohlenhändlers habe ihn mit einer Flinte bedroht. Danse behauptete, ihr Ehemann wollte den Präsidenten der Republik umbringen und ...
Die Vermieterin der Thebais erklärte:
»Er hat mir wer weiß was vorgemacht! Er mit seinen endlos langen Geschichten. Seine Schulden und seine Miete hat er am Freitag bezahlt, wenn Armande kam. Allerdings sorgte er gut für seine Mutter ...«
Und die Leute fügten hinzu:
»Wenn seine Wut sich gelegt hatte, war er der beste Mensch ...«

Danse hätte einige Monate früher morden können, und sein Verbrechen wäre dem Deblauwes ähnlich gewesen. Aber ihm war die Zeit vergönnt, in Boullay zu leben und die erste Nummer seiner Zeitung zu schreiben.
Ferner war ihm die Zeit vergönnt, einen guten Teil der Île de France gegen sich aufzubringen. Inschriften besudelten die Mauern des Hauses, Streitigkeiten brachen aus, Beleidigungen flogen hin und her.

Er erwies sich als ebenso rachsüchtig wie die Bauern, und am Ende ging es nur noch darum, wer schneller Klage beim Gericht einreichte.

»Der Fleischer hat vor Zeugen gesagt …«

»Vorgestern an der Straßenecke hat Danse mich bedroht …«

Es regnet Briefe von allen Seiten. Die Atmosphäre ist vergiftet, und Danse betrachtet die Leute vom Dorf als seine persönlichen Feinde.

Aber warum, zum Teufel, verkriecht er sich auch in ein Dorf, anstatt wie seine »Kollegen« mit einer Kellerwohnung im Viertel von Saint-Martin oder zwei Zimmern an der Place de la République vorliebzunehmen?

Wenn die beiden Brüder bis auf die Knochen abgemagert waren und ein paar Nächte auf Parkbänken geschlafen hatten, zerrten sie ihre Mutter aus dem Bett und schlugen sie, um ihr das bisschen Geld abzunehmen, das sie noch hatte, oder um ihr die letzten Kleider zu rauben und dann zu verkaufen.

Für Deblauwe war das Signal der Verrat seiner Mätresse, für die er keinen Ersatz finden konnte, sodass auch er sich auf den Straßen herumtreiben musste, an all den Cafés vorbei, die er ohne Geld nicht betreten konnte.

Für Hyacinthe Danse, dessen Zeitung nicht die erhofften Pilgerscharen nach Boullay bringt, wird das Signal das gleiche gewesen sein.

Das Geld fehlt. Die Bevölkerung wird immer bedrohlicher. Die alte Mama kriegt es mit der Angst zu

tun, und vielleicht erkühnt sie sich, ihm Ratschläge zu erteilen?

Die Veröffentlichung all der Bescheinigungen hoher Persönlichkeiten und der fünf von ihm selbst in einer einzigen Nummer der Zeitung haben nichts genutzt. Schäbige Einzelheiten liefern den Schlüssel zu gewissen geheimnisvollen Andeutungen. Warum zum Beispiel wird der Kohlenhändler für Danse plötzlich zum Anstifter einer gegen ihn gerichteten Verschwörung? Weil der Winter nicht enden will und horrende Heizkosten mit sich bringt!

Es ist Mai und immer noch kalt. Die ganze Woche lang haben sich die Gläubiger bei Danse die Klinke in die Hand gegeben und sich wie gewöhnlich von ihm vertrösten lassen:

»Kommen Sie Freitagnachmittag wieder, und Sie kriegen Ihr Geld ...«

Aber wenn auch Armande Comtat am Freitag, dem 5. Mai, nach Boullay kommt und ein bisschen Geld mitbringt, so wirkt sie doch verändert und verkündet sogar, sie könne nicht bis zum Sonntag bleiben.

Warum nicht? Sie hat keine richtige Erklärung dafür, gerät ins Stottern. Die Wirtin braucht sie. Ihre Schwester hat sie gebeten, die Nacht bei ihr zu schlafen ...

»Du hast einen Liebhaber!«, schilt Danse sie argwöhnisch.

»Aber nein! Warum sagst du das?«

Doch es ist wahr! Schon seit ein paar Wochen hat sie einen Liebhaber. Deblauwes Mätresse hatte Tejalda in dem Tanzlokal kennengelernt, wo sie arbeitete. Armande Comtat war der Liebe im Puff in der Rue du

Caire begegnet, und zwar in Gestalt eines sanften und netten Stammkunden, der ihr versprochen hatte, für sie zu sorgen.

Am Samstag, dem 6. Mai, um sechs Uhr früh bringt Danse Armande nach Paris zurück. Am Abend ruft der vom Argwohn geplagte Danse bei der Schwester seiner Mätresse an und erfährt, dass sie nicht dort ist. Im Puff ist sie auch nicht, wie ihm ein zweiter Anruf bestätigt.

Ich stelle mir vor, wie er in diesem Augenblick seine Knie weichwerden fühlt und begreift, dass es aus ist.

Er übernachtet in einem Hotel, tut kein Auge zu. Am nächsten Morgen kehrt er nach Boullay zurück, ohne Armande wiedergefunden zu haben. Zwei Tage lang schließt er sich in seinem Arbeitszimmer ein und wartet auf eine Nachricht.

Endlich kommt ein Anruf aus Paris.

»Hallo? … Ja, ich bin's! … Ich bitte dich um Verzeihung, aber es ist nicht meine Schuld … Nein, ich komme nicht mehr nach Boullay … Ich halte es für besser so … Es ist aus, verstehst du? … Ich liebe einen Mann, und er liebt mich … Wir werden uns zusammentun … Du musst mich vergessen …«

Er droht, er weint. Er will sie ein letztes Mal wiedersehen, nur noch ein einziges Mal!

»Nein! Lieber nicht … Mein Gefühl sagt mir, dass das nicht gut ist …«

Das Wetter ist stürmisch. Zwischen zwei Regengüssen kommt kurz die Sonne hervor. Danse hängt auf, nimmt den nächsten Zug nach Paris, setzt sich in ein Café gegenüber dem Puff in der Rue du Caire und wartet dort stundenlang.

Gegen Abend tritt Armande aus dem Haus, macht ein paar Schritte, sieht Danse und flieht, bevor er sie einholen kann. Jetzt klingelt er bei ihrer Schwester, die ihn erschrocken anblickt und zu beruhigen versucht.

Denn Armande hat ihr gesagt:

»Er ist imstande und bringt mich um ...«

Im Puff in der Rue du Caire werden strikte Anweisungen erteilt ...

»Lasst ihn unter keinem Vorwand herein!«

Wieder kehrt er nach Boullay zurück, wo er am 9. Mai einen Brief erhält. Armande gibt sich darin so zärtlich, wie es ihr möglich ist. Sie bittet ihn um Verzeihung, aber sie habe endlich die wahre Liebe gefunden. Sie sei glücklich und wünsche ihm alles Gute. Sie hinterlässt ihm alles, was sie in Boullay besitzt ...

Die arme Armande glaubt ihrem Schicksal entronnen zu sein! Ihre Schwester hatte sie gewarnt:

»Wenn dir dein Leben lieb ist, sieh ihn nie wieder! Er wird versuchen, dich weichzukriegen, und er ist zu allen Tricks fähig ...«

Sie hat es versprochen, lebt nur noch für ihre neue Liebe. Bald wird sie den Puff in der Rue du Caire verlassen können!

»... ein letztes Mal, ein allerletztes Mal«, bettelt Danse. »Wir werden uns auf einer Caféterrasse treffen ... Ich muss mit dir reden, wir haben noch einige Einzelheiten zu besprechen ...«

Sollte man nicht meinen, dass die vom Schwindel ergriffene Armande ganz von selbst dem Tode entgegengeht? Sie willigt ein, ohne ihrer Schwester ein Wort zu sagen, auch ihre Kolleginnen in der Rue du Caire, die

ihrer Geschichte wie einem Fortsetzungsroman folgen, wissen nichts.

Das Paar trifft sich am Abend in einem kleinen Straßencafé. Danse ist ruhig. Sie sagt ihm, wie froh sie sei, ihn so vernünftig zu sehen, und er lächelt resigniert.

»Ich will nicht mehr in Boullay bleiben«, sagt er mit beherrschter Stimme, »denn dort erinnert mich zu vieles an dich, und ich fürchte, das wäre zu schmerzlich für mich. Außerdem gehören dir ja alle Möbel und die meisten Gegenstände …«

»Aber ich habe dir doch gesagt …«

»Hör zu! Ich habe einen großen Entschluss gefasst. In Belgien habe ich noch zwei Jahre Gefängnis abzusitzen, und ich werde mich dort den Behörden stellen. So werde ich zwei Jahre lang Ruhe haben, allein mit meinen Gedanken sein, und wenn es vorbei ist, liegt nichts mehr gegen mich vor.«

Die Leute am Nebentisch reden von banalen Dingen!

»Nur meine arme Mutter macht mir Sorgen. Deshalb habe ich mir gedacht, dass du vielleicht Boullay behalten solltest, wo du ohnehin all deine Sachen hast … Meine Mutter würde weiter dort wohnen … Das wird dich kaum etwas kosten … Und ich werde inzwischen im Gefängnis sein …« Das alles sagt er mit einer solchen Resignation, dass sie sich rühren lässt.

»Gut, ich werde Boullay behalten und mich um deine Mutter kümmern …«

Noch vor zwei Stunden hat ihre Schwester sie ermahnt:

»Vor allem lass dich auf keinen Fall dorthin locken!«

Und sie selbst hatte erklärt:

»Wenn er es fertigbringt, mit mir allein zu sein, wird er mich umbringen!«

Doch jetzt, in der Pariser Abenddämmerung, bei Kaffee und Cognac, gibt sie nach, und er redet und redet mit matter Stimme, wie ein Mann, der sich nur noch den Frieden einer Zelle erhofft, und sei es einer Gefängniszelle.

»So brauche ich mir wenigstens um dich und meine alte Mama keine Sorgen zu machen ... Ihr wart meine einzigen Lieben auf der Welt ... Aber da du mir versicherst, dass du glücklich sein wirst ...«

Er musste noch andere Worte gefunden haben, denn ohne jemanden zu benachrichtigen, weder ihren neuen Liebhaber noch ihre Schwester oder die Puffwirtin, geht Armande mit Danse zum Bahnhof und nimmt mit ihm den Zehn-Uhr-Zug nach Boullay.

»Wir werden alles in Ordnung bringen, sodass ich mich dort nicht um euch zu ängstigen brauche ...«

Hat sie vielleicht geweint, als sie ihn so schicksalsergeben sah? Und zeigte er nicht wahre Seelengröße, indem er vorschlug, seinen Nachfolger von nun an die Reize der Thebais genießen zu lassen?

Sie steigen auf dem kleinen Bahnhof aus, gehen die dunklen Straßen entlang, gelangen zum Haus und sehen ein erleuchtetes Fenster.

Immerhin, wenn man der späteren Aussage Danses Glauben schenken kann, ist Armande sehr nervös und dreht sich unterwegs ständig um, weil sie sich verfolgt glaubt.

Aber glaubt sie nicht eher, dass ihr neuer Liebhaber ihr folgt, um sie zu beschützen?

Das Wirtshaus schließt. Die Bauernhöfe liegen seit langem im Schlaf.

»Siehst du, Mama erwartet uns …«

Und sie übertreten die Schwelle, während Armande ein letztes Mal in die Nacht hinausspäht.

9

Über das, was in dieser Nacht und in den folgenden Tagen geschehen wird, haben wir nur die Aussage, die Danse mit selbstgefälliger Pedanterie vor dem Untersuchungsrichter macht, wobei er großes Gewicht auf gewisse Einzelheiten legt und darauf besteht, dass der Gerichtsschreiber alles notiert und kein Wort auslässt. Und diese Aussage wird *in extenso* in der Anklageschrift zitiert:

> »Kaum hatte der Zug Paris verlassen, da zeigte Armande sich äußerst nervös, und ich bemühte mich, sie zu beruhigen. Zwischen dem Bahnhof von Boullay und der Thebais, als wir den dunklen Straßen folgten, nahm ihre Nervosität krankhafte Formen an. Sie fing an zu spinnen, halluzinierte (er besteht auf dem Wort, das er für wichtig hält), drehte sich ständig um, zuckte beim leisesten Geräusch zusammen, behauptete, sie fühle sich verfolgt, während ich sie nach bestem Vermögen zu beruhigen versuchte.
>
> Im Haus angekommen, wo meine Mutter auf uns wartete, wollte Armande unbedingt gleich auf ihr Zimmer gehen. Die Katze hatte an diesem Abend seltsam glänzende Augen und miaute so entsetzlich, dass Armande völlig aus der Fassung geriet.
>
> ›Es schleicht jemand ums Haus, glaub mir, ganz si-

cher‹, behauptete sie und ging ruhelos in ihrem Zimmer auf und ab, wagte sich aber nicht bis zum Fenster.

Um dem ein Ende zu machen, ging ich hinaus, einmal ums Haus herum. Sie begleitete mich, und ihre Hand auf meinem Arm zitterte. Ich konnte sie nicht beruhigen, Schatten entflohen vor uns ins Dunkel, und als wir wieder im Haus waren, schien Armande noch verängstigter als zuvor.

Und da erinnerte sie mich an einen Vorfall, der sich vor unserem Einzug in Boullay ereignet hatte: In ihrem Zimmer und in dem Bett, das sie jetzt benutzte, hatte jemand Selbstmord begangen.

Sie wollte sich partout nicht hinlegen, und so beschlossen wir, die Nacht in der Küche zu verbringen und zu wachen.

Etwa eine halbe Stunde saßen wir da, ein jeder auf einem Stuhl. Es war kalt, und Armande begann mit den Zähnen zu klappern.

Um halb eins hält sie es nicht mehr aus und beschließt, sich doch hinzulegen. Ich folge ihr und lege mich neben sie ins Bett.

Minuten verstreichen, es ist dunkel, da plötzlich stürzt sich Armande auf mich. Sie ist wie von Sinnen, schreit, es seien Leute vor dem Haus, und sie habe ganz deutlich Geräusche gehört.

Um ihr gefällig zu sein, stehe ich auf, gehe das Fenster öffnen, schließe es jedoch gleich wieder, ohne etwas gesehen zu haben.

›Es ist auf der Hofseite‹, schreit sie jetzt.

Ich öffne das andere Fenster, sehe nach – nichts.

Armandes Zustand war wirklich nicht normal, und ich wurde ebenso nervös wie sie. Und da verbarg sie auch noch ihr Gesicht unter dem Kopfkissen und brach in krampfhaftes Schluchzen aus.

Da, als ich nicht mehr wusste, was ich tun sollte, entdeckte ich einen Hammer neben dem Bett. Ich nahm ihn und schlug Armande damit auf den Kopf. Dann sah ich ein Messer und stieß es ihr in die Kehle.

Danach fühlte ich mich nicht wohl. Ich hatte Angst, allein zu bleiben. So verließ ich das Zimmer und ging meine Mutter wecken, die im Erdgeschoss schlief. Ich bat sie, den Herd anzuzünden und mir einen beruhigenden Kräutertee zu kochen.

›Was ist los!‹, fragte Mama und blickte mich seltsam an. Und da ich ihr ausweichend antwortete, stieß sie die Tür zum Zimmer auf, trat zu Armande und beugte sich über sie.

Der Hammer lag noch da, und ich konnte den Blick nicht von ihm abwenden. Meine Hand packte ihn, und ich schlug genau so zu, wie ich Armande erschlagen hatte, und dann nahm ich das Messer und schlitzte meiner Mutter die Kehle auf.

Ich fühlte mich gar nicht wohl. Zuerst ging ich in die Küche hinunter und trank ein Glas Pfefferminzgeist. Dann sank ich auf die Knie und betete lange vor dem Kruzifix.

Ich brachte es nicht übers Herz, die beiden Frauen, die ich liebte, in diesem Zustand zu lassen. So ging ich wieder hinauf, besorgte ganz allein die Totenwäsche und deckte die Leichen mit Bettlaken zu.

Dann legte ich ein Kruzifix auf die Decke und steckte

Buchsbaumzweige in ihre erkalteten Hände. Schließ-
lich schmückte ich die Leichen noch mit einer Toten-
maske von Beethoven und einer von Baudelaire.

Schon früh hat mich das Gesicht meiner Mutter im-
mer an die Totenmaske von Baudelaire erinnert. Und
als ich klein war, etwa vier oder fünf Jahre alt, habe
ich zugesehen, wie eine Sau geschlachtet wurde; zu-
erst schlug man ihr mit einem Hammer auf den Schä-
del, und dann schlitzte man ihr mit einem Messer
die Kehle auf; genau das habe ich mit Armande und
meiner Mutter getan. Dann verließ ich das Haus und
schloss die Tür zu. Am Vorabend, als ich bereits ent-
schlossen war, meine zwei Jahre Gefängnis in Brüssel
abzusitzen, hatte ich einen Koffer gepackt und bei der
Gepäckaufbewahrung an der Gare du Nord abge-
stellt.

Am Morgen habe ich ihn abgeholt und bin nach Bel-
gien gereist …«

Hier beginnt der Zufall zu spinnen, zu *halluzinieren;*
man möchte glauben, dass weder Deblauwe noch Danse
das Schicksal gewöhnlicher Mörder haben sollten.

Während Deblauwe von allen Polizeifahndern gesucht
wird, sitzt er ruhig im Gefängnis von Saint-Etienne, und
es ist ein Wunder, dass man ihn findet.

Danse geht, kaum ist er in Brüssel angekommen, zu
einem Anwalt. Er hat nur eine Frage, eine Frage, die
ihm den Schweiß der Todesangst auf der Stirn perlen
lässt.

»Ich habe in Frankreich meine Mutter und meine
Mätresse umgebracht«, gesteht er, wohl wissend, dass

der Anwalt an sein Berufsgeheimnis gebunden ist.»Hat die französische Justiz das Recht, meine Auslieferung zu verlangen?«

Und was geschieht nun? Ist der Anwalt zerstreut? Hat Danse die Erklärungen nicht richtig verstanden oder zu erwähnen vergessen, dass er belgischer Staatsangehöriger ist?

In Belgien existiert die Todesstrafe nicht, und der Mörder hat nur eine Sorge: seinen Kopf zu retten.

»Sagen Sie es mir. Kann man meine Auslieferung verlangen?«

Nein, kann man nicht. In Belgien verhaftet und als belgischer Staatsbürger muss Danse in Belgien für die in Frankreich begangenen Verbrechen verurteilt werden. Aber so hat er es nicht verstanden. Der Anwalt hat sich schlecht ausgedrückt und ihm nur geraten, sich der Polizei zu stellen. Und jetzt irrt er durch die Straßen, verfolgt von dem Gedanken an das Schafott.

Immerhin meldet er sich zuerst bei der Polizei.

»Mein Name ist Hyacinthe Danse, und ich wurde 1926 in Abwesenheit zu zwei Jahren Gefängnis verurteilt. Und diese zwei Jahre möchte ich jetzt absitzen …«

In Boullay sind die Leichen der beiden Frauen noch nicht entdeckt worden. Der Polizist wirft diesem seltsamen Kunden einen erstaunten Blick zu, ruft bei der zuständigen Behörde an und erklärt schließlich:

»Tut mir leid, aber Ihrer Bitte kann nicht stattgegeben werden. Das 1926 gegen Sie erlassene Urteil wegen Erpressung ist verjährt …«

Man weigert sich, ihn zu verhaften, ihn ins Gefängnis zu sperren! Jetzt ist er wieder auf der Straße, weiß nicht

mehr, was er tun soll, und der Albtraum der Guillotine nimmt kein Ende.

Am nächsten Morgen besteigt er den Zug nach Lüttich, irrt in seiner Heimatstadt herum, sieht all die vertrauten Orte wieder, seinen ehemaligen Laden, das Collège Saint-Gervais, das Haus, in dem er seine Kindheit verbracht hat.

In den Zeitungen steht immer noch nichts über das Drama von Boullay, und er erzählt später:

»Nachdem ich zu den mir so teuren Orten gepilgert war, verspürte ich das Bedürfnis, eine Beichte abzulegen. So begab ich mich zum Jesuitenstift in der Rue Xhovémont, wo ich meinen ehemaligen Lehrer, den hochwürdigen Pater Haut, anzutreffen hoffte. Ich nahm ein Taxi und bat den Fahrer, vor der Tür auf mich zu warten.

Zuerst ließ man mich in ein Sprechzimmer ein, und dann kam Pater Haut, hörte sich meinen Bericht des Dramas an, fand jedoch meinen Zustand nicht für eine gültige Beichte geeignet.

Da ich ihm erschöpft schien, führte er mich ins Refektorium und ging eine Flasche Bier holen. Er goss mir ein Glas ein, und ich trank es aus. Er beugte sich vor, um mir ein zweites Glas einzuschenken.

Da zog ich meinen Revolver aus der Tasche und schoss, denn mir fiel plötzlich all das Leid ein, das Pater Haut mir angetan hatte, als ich sein Schüler gewesen war.

Die erste Kugel traf ihn in den Kopf, und er sackte in die Knie. Ich feuerte einen zweiten und einen dritten Schuss ab, er hielt sich die Hände vor den Bauch und

sank zu Boden. Darauf schoss ich die anderen Kugeln aufs Geratewohl, eilte hinaus, bevor jemand kam, fand mein Taxi vor der Tür und befahl dem Chauffeur:

›Fahren Sie mich zum Gerichtsgebäude!‹

Dort verlangte ich, einen Richter oder einen Justizbeamten zu sprechen, und ihm erzählte ich die ganze Wahrheit.«

Hochwürden Haut ist über zehn Jahre auch mein Beichtvater gewesen. Als er starb, war er ungefähr fünfundsiebzig Jahre alt.

»Mir fiel plötzlich all das Leid ein, das er mir angetan hatte ...«, erklärte Danse nach seiner Tat, und beantragte ein psychiatrisches Gutachten, bevor er einen Anwalt verlangte.

Monatelang gebärdet er sich auf die wunderlichste Art, wählte einen Anwalt, den er ein paar Tage später kurzerhand aus seiner Zelle verjagt, droht dem Pflichtverteidiger, ihn zu erwürgen, diskutiert endlos mit den für seinen Fall zuständigen Irrenärzten.

Im Gefängnis gleicht er mehr als je einem bissigen Tier, und acht Tage vor dem Prozess muss der Pflichtverteidiger abgelöst werden, obschon Danse den neuen ebenfalls ablehnt und ihn nicht empfängt.

Einen Tag vor dem Schwurgerichtsprozess kommt sein Anwalt auf eine Idee; er nimmt den Zug nach Paris, besucht den Staranwalt Maurice Garçon und erklärt ihm:

»Wie ich Danse kenne, wird er sich morgen weigern, einen Verteidiger zu akzeptieren. Aber er muss verteidigt werden! ... Und da dachte ich an Folgendes: Eitel,

wie er ist, wird er sich geschmeichelt fühlen, wenn ein berühmter Strafverteidiger sich extra für ihn aus Paris nach Lüttich bemüht, Sie wird er reden lassen ...«

So geschah es! Wenn auch ein merkwürdiger Umstand dazukam. Der Prozess dauerte vom Montag bis zum Samstag. Aber Donnerstag und Freitag musste Maurice Garçon unbedingt in Paris plädieren.

»Was passiert, wenn das Plädoyer fällig ist, während ich in Paris bin?«, fragt er.

»Machen Sie sich keine Sorgen. Sie kommen nicht vor Samstag dran«, erwidert der Lütticher Anwalt.

»Aber es sind nur wenige Zeugen vorgeladen, und ...«

»Wenn ich Ihnen doch sage, dass Sie sich nicht zu sorgen brauchen. Wenn die Verteidigung das Wort hat, werde ich so lange reden, bis Sie da sind ...«

Und das tat er auch! Mutig – fast hätte ich gesagt: heldenhaft – redete er den ganzen Freitag lang, um den Prozess bis zum Samstag hinzuziehen, sodass Maurice Garçon nicht zu spät kam.

Um diese Zeit schrieb Hyacinthe Danse in mit Arabesken verzierter Schönschrift das folgende Gedicht:

DER ERSEHNTE

I

Poch! Poch! »Wer klopft an meine Tür?«
»O Dichter, öffne deine Tür!«
»Wer mag es sein?«
»Es ist das Glück, lass es herein,
Freu dich, das Glück kehrt bei dir ein!«

»Ach, sagt dem Glück, es soll sich traben;
All meine Freuden sind begraben! …«

II

Poch! Poch! »Wer klopft an meine Tür?«
»Komm, Dichter, öffne deine Tür;
Und schau:
Die Hoffnung ist's, die holde Frau,
Sie naht im abendlichen Blau!«

»Ach, schließt die Tür vor ihren Gaben,
Denn meine Hoffnung ist begraben! …«

III

Poch! Poch! »Wer klopft an meine Tür?
Wer hat die Stirn, sich zu erfrechen,
Mir Tür und Riegel aufzubrechen?«

»Schnell! Schnell! Verwehre deine Tür!
Sei mutig, Dichter, welch ein Graus!
Der Tod trat eben in dein Haus! …«

»Endlich! Versperrt die Tür, wohlan!
Damit er nicht entweichen kann!«

G. Hyacinthe Danse
(A. Montaigle)

Er war soeben zu lebenslänglicher Zwangsarbeit verurteilt worden und konnte sich den Luxus leisten, Verse über den Tod zu schmieden: denn jetzt war er sicher, am Leben zu bleiben!

Erinnert er sich in seinem Gefängnis in Louvain an die kränklichen kleinen Mädchen, die uns während des Krieges unter den blau getarnten Gaslaternen seltsame, von hysterischem Gelächter unterbrochene Geschichten zuflüsterten?

Erinnert er sich an den Danse der patriotischen Lieder und der komischen Gassenhauer? An den streitsüchtigen Danse der *Nanesse* und den Magier von Boullay-les-Trous?

Erinnert er sich, in einem Interview mit sich selbst geschrieben zu haben:

»Meine größte Wollust? In den Augen eines Idioten als ein Schwachsinniger zu gelten.«

Diese Wollust zumindest hat er verpasst. Während der sechs Monate des Vorverhörs hat er vergeblich Grimassen geschnitten, Drohungen ausgestoßen und den seltsamsten Phantasien freien Lauf gelassen.

»Mein Vater war Syphilitiker«, brüllte er vor dem Schwurgericht.

Was nachweislich nicht stimmte.

»Meine Mutter war morphiumsüchtig!«

Auch das war frei erfunden.

»Ständig hat mich die Geschichte von der Sau verfolgt, die zuerst mit einem Hammer und dann mit einem Messer geschlachtet wurde, so wie ich es mit Armande und meiner Mutter getan habe …«

Und Pater Haut?

»Ich bin nekrophil!«

Genüsslich zählt er all seine Laster auf, wobei er sich mit einem Seitenblick der Wirkung seiner Worte versichert. Es ist ihm bereits gelungen, das Schafott durch das Gefängnis zu ersetzen. Es bleibt ihm nur noch, das Gefängnis durch eine Heilanstalt zu ersetzen ...

»Ein Paranoiker«, plädiert Maurice Garçon.

Und Danse zappelt beunruhigt, da ihm das nicht genug erscheint. Wenn es etwas nützte, würde er wahrscheinlich sogar Exkremente essen, um die Geschworenen von seinem angeblichen Wahnsinn zu überzeugen.

»Ein Paranoiker vielleicht, aber trotzdem zurechnungsfähig!«, entscheiden die Experten.

Immerhin ein halber Erfolg, denn sein Kopf mit dem rosigen Doppelkinn sitzt immer noch auf seinen Schultern!

Ich hatte eine Großmutter, die, wenn man ihr irgendwelche Märchen erzählte in der Hoffnung, sie würde darauf hereinfallen, immer nur seufzte und sagte:

»Was man so alles macht!«

Danse schreibt in Louvain unergründliche Gedichte. Die beiden Brüder sind gestorben, ohne ihre Mutter wirklich ermordet zu haben, sie war so klug, vor ihnen zu sterben. Der kleine K. hat sich am Tor der Kirche von Saint-Pholien erhängt, und der Fakir, der ihn gelehrt hatte, sich die Nase mit Kokain vollzustopfen, starb von dem billigen Fusel, den er in der Not trank, in einem Pariser Krankenhaus.

Tejalda, der Postangestellte, Eintänzer und Erpresser reifer Damen, ist nur noch ein Name in den Annalen

der Kriminalpolizei, während Madrid bombardiert wird und Deblauwe in der Verbannung sitzt.

Wer weiß, ob sich nicht irgendein Kunsttischler im ehemaligen Heringsfass eingerichtet hat?

Ich habe meiner Großmutter das letzte Geleit gegeben, und sie war so verschrumpelt, dass ein Kindersarg für sie ausgereicht hätte.

»*Was man so alles macht!*«

Das sagte sie von den Flugzeugen, den Unterseebooten, den elektrischen Backöfen und von was weiß ich noch allem. War es eine Form der Huldigung? Oder wollte sie damit nur sagen: »Wozu soll das gut sein?«, oder: »Was ändert das schon?«

Was bleibt von den Erinnerungen und von uns? Wir haben in unruhigen Zeiten gelebt – aber haben das nicht alle? –, wir waren eine kleine Gruppe junger Leute, die hochexplosive Ideen wälzten und, ohne es zu wissen, an den Rand des Verderbens gerieten. Wir brauchten das schummrige Zwielicht, die Lumpen und die Totenköpfe, um uns Angst zu machen, wir tranken, um uns an die Grenzen des Wahnsinns zu bringen, und wir schliefen mit Charlotte, damit wir uns einreden konnten, Liebe sei etwas Schmutziges.

Trotzdem floss das Leben dahin und nahm seinen Lauf, wie die Maas bei Hoch- und Tiefwasser, wir heirateten, bekamen Kinder, hatten mehr oder weniger schwere Krankheiten, Hoffnungen, Enttäuschungen, Geldnöte und tröstliche kleine Diners.

Der kleine K., der Fakir, Deblauwe, Tejalda, die beiden Brüder, Danse, seine Mutter und Armande aus der Rue du Caire ...

Man könnte Statistiken aufstellen, um herauszufinden, ob wir besser oder schlechter dran waren als andere oder ob wir vergleichsweise mit einem blauen Auge davongekommen sind. Aber dann müsste man alles berücksichtigen, nicht nur die Morde und die Selbstmorde, die Mörder und die Opfer, sondern auch die Sparkassenbücher, die Magenleiden, die Lungenentzündungen und die Fehlgeburten, die großen Erwartungen und die kleinen Enttäuschungen ...

Eine Riesenarbeit! ..., die heute nicht mehr möglich ist, da von unserer damaligen Clique nur noch wenige am Leben sind und noch mehr auf der Strecke bleiben werden ...

Ich denke an den, der zuletzt allein übrigbleibt ...

Aber nein! Wahrscheinlich wird er an seine jungen Freunde von damals denken und vor sich hin murmeln:

»Was man so alles macht!«

Denn am Ende ist das alles furchtbar banal.

Paris, Boulevard Richard Wallace, Januar 1937

DANIEL KAMPA
Warum nicht ich?

1954, als Georges Simenon, der zu dieser Zeit in Lakeville, Connecticut wohnte, eine PR-Tour in London absolvierte, organisierte der französische Botschafter ein festliches Galadiner zu Ehren des weltbekannten Schriftstellers. Einer Anekdote zufolge wurde dem Botschafter von einem Mitarbeiter etwas ins Ohr geflüstert, worauf seine Exzellenz kreidebleich wurde und sich bestürzt an Simenon wandte: »Ich erfahre soeben, dass Sie … belgischer Staatsbürger sind?« Simenon bejahte die Frage seines Gastgebers. Dieser fragte daraufhin prompt Simenons zweite Ehefrau Denyse: »Aber Sie sind doch sicherlich Französin?«, nur um die Antwort zu erhalten: »Nein, ich bin Kanadierin, ich stamme aus Québec.« Der Repräsentant der *Grande Nation* war ins diplomatische Fettnäpfchen getappt und hatte nicht für einen bedeutenden Sohn seiner eigenen Nation ein Staatsbankett organisiert, sondern für einen Belgier.

Bis heute hadert die *Grande Nation* damit, dass die beiden erfolgreichsten Autoren französischer Sprache des 20. Jahrhunderts Belgier sind: Hergé mit seinen *Bandes dessinées* um Tim und Struppi und Simenon mit seinen Kriminalromanen – mit und ohne Maigret. (Erst an dritter Stelle gefolgt von Saint-Exupérys *Der kleine Prinz*.) Und noch immer ist nicht jedem Leser bewusst, dass Simenon *kein* Franzose war. Simenon selbst, der in der ganzen Welt gelesen werden wollte und es auch wurde, scherte sich nicht um Fragen der Staatsangehörigkeit. Als Neunzehnjähriger verließ er Belgien, um Paris »zu erobern«, und er lebte länger in Frankreich (fünfundzwanzig Jahre insgesamt) und in der Schweiz (zweiunddreißig Jahre) als in seiner Heimat. Seine Kindheits- und Jugendjahre in Lüttich aber vergaß er nie. Schon Jean

Améry unterstrich deren Bedeutung 1965: »Tatsache ist, dass seine besten Bücher unverkennbar *belgischen* Charakters sind und im Grunde nur aus der belgischen Welt heraus verstanden werden können. Sie sind geprägt vom schwarzen Kohlenrevier Lüttichs und Charlerois, vom antwerpenschen Hafen mit seinen Dirnen, Levantinern und Matrosen, von den flämischen Bauernhäusern mit ihren blankpolierten Kaffeekannen, von den Herbergen der Tabakschmuggler in den Dünen von Dünkirchen. Simenon mag in Cannes der Nachbar des alten Aga Khan gewesen sein und heute in der Schweiz Charlie Chaplin als seinem Pair begegnen: In ihm bleibt unauslöschlich die dürftige Rue Puits-en-Sock in Lüttich, in der alles begann.« Das war die Geschäftsstraße von Outremeuse, dem Kleine-Leute-Viertel, in dem Simenons Großvater Chrétien ein Hutgeschäft hatte.

»Man bleibt immer ein Kind seiner Stadt«, sagte Simenon am Ende seines Lebens, und auch: »Ich fühle mich überall, wo ich bin, als Lütticher« – und meinte dies ohne falsche Koketterie. »Erwiesenermaßen verinnerlichen wir die Bilder, die Klänge unserer Jugend, alles, was wir bis zum Alter von 17 oder 18 Jahren erleben. In dieser Zeit habe ich in Lüttich gelebt. Da es nun einmal mein Beruf ist, das wiederzugeben, was ich verinnerlicht habe, ist Lüttich in meinen Büchern sehr präsent.« Und Simenon meinte damit nicht nur seinen ersten erzählerischen Versuch, den kleinen Roman *Au Pont des Arches*, benannt nach Lüttichs ältester Brücke, die das Zentrum mit dem Arbeiterviertel Outremeuse verbindet. Dieses Debüt, das er mit sechzehn schrieb, war »voller Farben und Gerüche, pittoresker Figuren und der Atmosphäre von Lüttich«, wie er sich noch später erinnerte.

Lüttich verbirgt sich in vielen Romanen Simenons: »Es stimmt, dass viele Städte in meinen Büchern von meinen Erinnerungen an Lüttich geprägt sind«, gab er zu. Etwa im Roman *Zum Roten Esel*, in dem sich ein junger Journalist in der französischen Provinzstadt Nantes die Sporen verdient. Nur leicht verfremdet werden darin Simenons Anfänge als kleiner Reporter der Lütticher Zei-

tung *La Gazette* nachgezeichnet. Zwei Maigret-Romane spielen zum Teil in Lüttich, *Maigret und der Gehängte von Saint-Pholien* und *Maigret und der Spion.* Die eindringlichste Beschreibung von Simenons Geburtsstadt findet sich aber in einer Maigret-Erzählung, die in einer nicht benannten Provinzstadt spielt, die aber klar erkennbar Lüttich ist. In *Maigret und der Ministrant* fängt Simenon eindrucksvoll die Atmosphäre seiner Kindheit ein: wie er als kleiner Junge frühmorgens durch die dunklen Gassen seiner Heimatstadt eilte, um bei der Frühmesse in der Kapelle des Hôpital de Bavière zu ministrieren. In ebendiesem Krankenhaus sollte der Autor Jahrzehnte später am Sterbebett seiner Mutter sitzen.

*

Die beiden wichtigsten Lüttich-Romane Simenons sind die autobiographischen Bücher *Pedigree* und *Die Verbrechen meiner Freunde.* *Pedigree* nimmt eine Sonderstellung in Simenons Werk ein: Es ist einer der wenigen wirklich langen Romane, mit über fünfhundert Seiten doppelt so lang wie ein »traditioneller« Simenon. (Und nicht wenige Simenon-Liebhaber sind der Meinung, dass *Pedigree* deshalb auch der einzige Roman Simenons ist, der Längen hat.) Ist *Pedigree* der Roman der Simenon-Sippe, die Geschichte der Vorfahren, der Eltern und der Kindheit Simenons, so thematisiert *Die Verbrechen meiner Freunde* die Abnabelung von der Familie. Es ist zudem ein Roman über die Fallstricke von Simenons Jugendjahren. Nach dem frühen Tod des Vaters musste Georges mit fünfzehn Jahren die Schule abbrechen und arbeiten gehen. Eine angefangene Lehre in einer Konditorei endete ebenso abrupt wie eine Anstellung in einer Buchhandlung. Verzweifelt wurde er beim Chefredakteur der erzkonservativen *Gazette de Liège* vorstellig – und vom Patron prompt angestellt. Sein erstes Gehalt investierte er in das langersehnte Fahrrad, das in *Maigret und der Ministrant* eine zentrale Rolle spielt. Fortan musste der junge Simenon sich allmorgendlich im Kommissariat den Polizeibericht anhören, den er anschließend zusammenfasste. Er berich-

tete über jedes noch so unbedeutende Ereignis in seiner Heimatstadt und lernte Gott und die Welt kennen. So kam er in Kontakt
mit einer Gruppe junger Leute, La Caque genannt, die in der Stadt
regelmäßig für Aufsehen und Empörung sorgte – und über die er
auch seine erste Ehefrau, Régine »Tigy« Renchon, kennenlernte.

La Caque – das waren junge Studenten, Möchtegernkünstler
und -schriftsteller, Bohemiens und Anarchisten, die sich regelmäßig trafen, um sich nicht nur an Literatur, Kunst und Philoso-
phie zu berauschen, sondern auch an Alkohol und Drogen. Das
Vereinslokal in der Rue des Écoliers war so winzig, dass sich die
Mitglieder wie in einem Heringsfass – *une caque* – eingepfercht
fühlten. Der Kontakt zu dieser Gruppe war *die* prägende Erfahrung für den jungen Simenon, nicht allein weil er auch an deren
Zeitschrift mitarbeitete. Vor allem lernte er hier die drei »Freunde«
kennen, die im Roman auftreten, von denen sich einer umbringen
sollte, während die beiden anderen zu Mördern wurden.

Die Verbrechen meiner Freunde ist »autobiographisch und so
wahr wie *Pedigree*«, sagte Simenon einmal. Das muss man ganz
sicher relativieren. Simenon war zu sehr Schriftsteller, um sich
nicht ein paar Abweichungen und Übertreibungen zu erlauben.
Vieles im Roman ist erfunden. Doch die drei »Freunde« und ihre
Schicksale sind real.

Beim Selbstmörder, im Roman der »kleine K.« genannt, der sich
am Portal der Kirche Saint-Pholien erhängt, handelt es sich um den
Maler Joseph Kleine. Anders als im Roman beschrieben, brachte
er sich nicht in der Weihnachtsnacht um, sondern vom 2. auf dem
3. März 1921. Ferdinand Deblauwe tötete 1931 aus Eifersucht einen
Tänzer in Paris und wurde im August 1932 verhaftet. Hyacinthe
Dans, im Roman mit »e« am Ende, wurde gar zum Dreifachmörder,
er tötete 1933 in Frankreich seine Geliebte und seine Mutter und
wenig später in Lüttich seinen Beichtvater, um einer Auslieferung
nach Frankreich zu entgehen, wo ihm die Todesstrafe drohte. (Ein
perfides Manöver, das Simenon 1936 zu der Maigret-Erzählung
Die Todesstrafe inspiriert hat.) Im Dezember 1934 wurde Hyacinthe Dans in Lüttich zu lebenslanger Haft verurteilt.

Lesern von *Die Verbrechen meiner Freunde*, die auch die Maigrets gelesen haben, werden sich natürlich an die Clique der *Apokalyptischen Gefährten* in *Maigret und der Gehängte von Saint-Pholien* erinnern, der 1930, also sieben Jahre zuvor, entstand. In diesem dritten Maigret-Fall erhängt sich ebenfalls ein gescheiterter Künstler am Portal der Lütticher Kirche, der im Maigret-Roman Klein heißt. Zehn Jahre später wird Maigret auf die Gruppe aufmerksam. Die ehemaligen Mitglieder führen längst ein respektables bürgerliches Leben, sind aber noch von Gewissensbissen geplagt. Denn neben dem Selbstmord gab es noch einen Mord, für den die Gruppe verantwortlich war.

Auch zu einem anderen berühmten Roman Simenons kann eine kleine Verbindung hergestellt werden. Wer *Die Verlobung des Monsieur Hire* kennt, den Simenon 1932 schrieb, dem wird die Methode sehr bekannt vorkommen, mit der man schnell und ohne viel Arbeit ein erkleckliches Einkommen findet: »Ich kannte einen anderen, ebenso einsamen und farblosen Mann, der ebenfalls Pakete packte und am Nachmittag auf der Post erstaunliche Mengen kleiner Geldüberweisungen aus ganz Frankreich, der Schweiz und Belgien kassierte. Dieser schaltete seit zwanzig Jahren das immergleiche Inserat in der Zeitung: *Verdienen Sie täglich fünfzig Franc bei sich zu Hause. Leichte Arbeit. Das vollständige Material und die Anweisungen: vierzig Franc.*

Und was schickte er seinen Kunden? Einen billigen Aquarellkasten, ein paar Postkarten zum Kolorieren und eine Notiz, in der erklärt wird, wie man mit täglich zweihundert kolorierten Karten …« – so heißt es im achten Kapitel von *Die Verbrechen meiner Freunde*.

Aber zurück zum Roman *Die Verbrechen meiner Freunde* selbst, den Simenon 1937 – fünf Jahre später – schrieb, in einer Zeit, die für den Schriftsteller eine bedeutende Zäsur markierte. Nach neunzehn Maigret-Fällen hatte er seinen pfeifenrauchenden Kommissar in Rente geschickt, um die letzte Etappe seiner Karriere in Angriff zu nehmen: endlich *echte* Romane, *Literatur*, zu schreiben. Aus demselben Grund wechselte Simenon in dieser Zeit auch den

Verlag und wurde Autor der damals wie heute prestigeträchtigsten Adresse der französischen Verlagslandschaft: Gallimard.

Simenon war zu jener Zeit auf der Höhe seiner Schaffenskraft, 1938 erschienen von ihm nicht weniger als dreizehn Romane, darunter Meisterwerke wie *Der Mann, der den Zügen nachsah* oder *Die Marie vom Hafen*. Auch *Die Verbrechen meiner Freunde* wird zu Simenons Hauptwerken gezählt und wirkt trotzdem ein wenig wie ein Fremdkörper. Schon die ersten Sätze irritieren: »Es ist verwirrend! Ursprünglich – was sage ich? Jetzt eben noch, als ich meinen Titel schrieb – wollte ich meine Erzählung wie einen Roman beginnen lassen, mit dem Unterschied, dass er diesmal auf Tatsachen beruhen sollte.

Da entdeckte ich plötzlich, wie lebensfremd der Roman im Grunde ist, dass er das Leben nie wirklich wiedergeben kann, und zwar deshalb, weil er an einem Punkt anfängt und an einem anderen aufhört.«

Ein Roman, der mit der Frage beginnt, ob ein Roman je das Chaos des Lebens einfangen kann. Und das bei Simenon, einem Autor, bei dem man sonst doch schon in der allerersten Zeile von einer Geschichte gebannt ist, einer Atmosphäre, die einen nicht mehr loslässt? Die Anfangssätze von *Die Verbrechen meiner Freunde* ergeben mehr Sinn, wenn man weiß, dass dieses Buch möglicherweise eine Auftragsarbeit war und gar nicht als Roman geplant war. Nach dem Wechsel von Fayard zu Gallimard schrieb Simenon auch für die auflagenstarke verlagseigene Illustrierte *Confessions*, in der über Menschliches und Allzumenschliches berichtet wurde. Vor allem »wahre« Schicksalsgeschichten, oft über Verbrechen, waren beliebt. Benoît Denis, einer der besten Kenner von Simenons Œuvre und Co-Herausgeber der Simenon-Ausgabe in der prestigeträchtigen Pléiade, vermutet, dass *Die Verbrechen meiner Freunde* explizit für die Zeitschrift *Confessions* geschrieben wurde, wo der Text zwischen Februar und April 1937 in zehn Folgen erschien. Der Untertitel des Vorabdrucks ist vielsagend: »Von den Kümmernissen und wahren Verirrungen der Jugend Georges

Simenons«, was natürlich gut zum Titel der Zeitschrift passt, denn *Confession* bedeutet auf Deutsch Beichte. Der Abdruck von *Die Verbrechen meiner Freunde* wurde mit unzähligen Fotos und Illustrationen ausgestattet, die die wahren Protagonisten und Orte der Ereignisse zeigten und so den Wahrheitsgehalt des Erzählten belegten. So gesehen präsentierte sich *Die Verbrechen meiner Freunde* nicht anders als eine der zahlreichen Reportagen von Simenon, die zwischen 1931 und 1937 in verschiedenen auflagenstarken Zeitschriften erschienen.

In Buchform erschien *Die Verbrechen meiner Freunde* im April 1938 bei Gallimard als »Roman«. Simenon hatte zwar als Untertitel »Eine wahre Geschichte« verlangt und seinem Verleger geschrieben: »Es ist offensichtlich, dass es sich nicht um einen Roman handelt und die Leserschaft dies merken wird.« Doch Gaston Gallimard redete seinem Starautor die Idee aus, zu groß war die Angst vor einem Prozess, denn zwei der drei realen »Freunde« lebten noch, wenn auch im Gefängnis. Vielleicht war Gallimard noch die Verleumdungsklage gegen Simenon um dessen Roman *Tropenkoller* in Erinnerung. Eine Hotelbesitzerin aus Gabun hatte sich darin wiedererkannt und vor Gericht eine Abfindung von 200 000 Franc verlangt, den Prozess zum Glück aber verloren.

Die Verbrechen meiner Freunde erzählt nicht nur die zum Teil authentische Geschichte einer Gruppe von Jugendlichen, die gegen die Konventionen rebellieren und sich im Exzess an den Rand der Gesellschaft manövrieren, wobei einige die rote Linie überschreiten, in Richtung Selbstmord oder Mord. Es ist auch ein Roman über den morschen moralischen Unterbau der Gesellschaft, der zu diesen Taten führte, zersetzt durch Erfahrungen des Ersten Weltkriegs und der deutschen Besatzung, die zu den einschneidenden Erlebnissen im Leben des jungen Simenon gehören. Die Szenen der täglichen kleinen und größeren Tricks und Gaunereien, an denen auch Simenons Eltern und selbst der junge Georges teilhatten, gehören zu den eindrücklichsten des Romans. Im Roman heißt es:

»Ich weiß nicht, ob es wirklich normale, geordnete Zeiten gibt, oder ob man sich da nicht täuschen lässt, ich habe sie jedenfalls nicht erlebt.

Mit elf zerrte man uns Hals über Kopf in den Keller, weil die Stadt bombardiert wurde. Plötzlich hörten wir Schreie: Hundert Meter weiter hatte man aufs Geratewohl zweihundert Zivilisten aufgegriffen, sie an die Wand gestellt und erschossen. Mit dreizehn hieß es:

›Haben Sie Erbarmen. Die Kinder sind so schlecht ernährt!‹

Und man schleppte uns auf die Anhöhen, damit wir den Kanonendonner hören konnten; oder aufs Land, und unsere Mütter trugen drei Unterröcke übereinander und schmuggelten darunter kiloweise Getreide in die Stadt.

Man lehrte uns schummeln, schmuggeln, lügen.«

In seinen Büchern hat Simenon in unzähligen Varianten die immergleiche Frage wiederholt: Warum wird jemand zum Mörder? Warum macht jemand den fatalen Schritt und überschreitet eine Grenze, die ihn mit einem Mal von seinen Mitmenschen trennt? In *Das Verbrechen meiner Freunde* erweitert Simenon die Frage um die Nuance: »Warum er und nicht ich?«, wie es im fünften Kapitel heißt.

»Wenn ich so oft über morbide Leute und Dinge schreibe, dann deshalb, um wütend die Faust zu recken angesichts des vielen Übels, das diese Menschen erdulden müssen. Ich selbst bin im Dunkeln geboren und im Regen, doch ich bin entkommen. All die Verbrechen, über die ich schreibe, sind häufig Verbrechen, die ich vermutlich selbst begangen hätte, wäre ich nicht entkommen. Ich gehöre zu den Glücklichen«, bekannte Simenon 1952 in einem Interview mit dem *New Yorker*.

Dass er zu den Glücklichen gehörte, sollte Simenon sein Lebtag nicht vergessen. Der Dreifachmörder Hyacinthe Dans, der 1934 zu lebenslanger Haft verurteilt worden war und in den fünfziger Jahren einer der am längsten einsitzenden Häftlinge Belgiens war, erhielt regelmäßig per Postüberweisung 500 Franc – überwiesen

von einem Menschen, den er in jungen Jahren flüchtig gekannt hatte und der inzwischen zu einem der berühmtesten und wohlhabendsten Schriftsteller der Welt avanciert war: Georges Simenon. Und der in seinem Bekenntnisroman *Das Verbrechen meiner Freunde* wohl auch deshalb die Geister seiner Vergangenheit beschwor, weil er sich quälende Fragen von der Seele schreiben und vielleicht auch sein Gewissen entlasten musste.

Auch wenn dieses Buch wahrscheinlich als eine Art Reportage oder Bekenntnis konzipiert wurde, so war Simenon ein zu großer Erzähler (oder ein zu großes Genie), um das eigene Erleben, wenngleich unwillentlich, nicht doch zu einem bedeutenden Roman zu formen. *Die Verbrechen meiner Freunde* gehört eindeutig zu seinen Meisterwerken und liegt nun endlich, nach mehreren Jahrzehnten Unterbrechung, wieder auf Deutsch vor.

DER GANZE SIMENON

Die erste deutschsprachige Gesamtausgabe

DIE GROSSEN ROMANE

Alle 117 großen Romane, einige seit Jahrzehnten endlich wieder lieferbar. Teilweise in neuen oder vollständig revidierten Übersetzungen. Mit Nachworten von Friedrich Ani, John Banville, Julian Barnes, William Boyd, Arnon Grünberg, Daniel Kehlmann, Martin Mosebach, Joyce Carol Oates und vielen anderen.
Eine Kooperation der Verlage Hoffmann und Campe und Kampa.

DER GANZE MAIGRET

Alle 75 Maigret-Romane und 28 Maigret-Erzählungen bis Herbst 2020. In neuen oder vollständig revidierten Übersetzungen. Ausgewählte Romane mit Nachworten von Andrea Camilleri, Clemens Meyer, Karl-Heinz Ott, Rüdiger Safranski, Peter Ustinov und vielen anderen.

AUSSERDEM

Zum ersten Mal alle Erzählungen, viele davon als deutsche Erstveröffentlichungen. Sämtliche literaturkritische Essays und Reportagen in Neuübersetzungen. Die autobiographischen Schriften. Ein Band mit ausgewählten Briefen, zwei Gesprächsbände und vieles mehr.

»Manche fragen mich:
Was soll ich von Simenon lesen? –
Ich antworte: Alles!«
André Gide

DIE GROSSEN ROMANE
Band 2

Georges Simenon
Der Passagier der Polarlys

Aus dem Französischen von Stefanie Weiss
Mit einem Nachwort von Hansjörg Schertenleib

Schon bevor die Polarlys den in einen frostigen Nebel ge-
tauchten Hamburger Hafen Richtung Norwegen verlässt,
beschleicht Kapitän Petersen ein ungutes Gefühl. Er spürt
etwas, was die Seemänner den »bösen Blick« nennen, und
ahnt, dass diese Fahrt keine gewöhnliche wird. Tatsächlich lässt das Unheil nicht lange auf sich warten, denn
schon einen Tag nach Lichten des Ankers wird an Bord
einer der fünf Passagiere, der Polizeirat Sternberg, ermordet aufgefunden – und an Verdächtigen mangelt es nicht ...

»Ich lese jeden neuen Roman von Simenon.«
Walter Benjamin

DIE GROSSEN ROMANE
Band 90

Georges Simenon
Striptease

Aus dem Französischen von Sophia Marzolff
Neuübersetzung
Mit einem Nachwort von Ulrich Wickert

Célita, Stripteasetänzerin in Cannes, hat ihren Beruf satt. Um dieses Leben hinter sich zu lassen, will sie ihren Chef Léon dazu bringen, sie zu heiraten, obwohl der bereits vergeben ist. Léon liegt ihr zu Füßen, und sie scheint fast am Ziel, als plötzlich die junge Tänzerin Maud auftaucht. Mit ihrer vermeintlichen Naivität und Hilflosigkeit stiehlt die Neue allen die Show und erobert den Chef im Sturm. Er hat nur noch Augen für Maud, und Célita muss zusehen, wie ihr der perfekte Lebensplan aus den Händen gleitet.

»Simenons Romane sind wie ein Traum,
der dem Leben gleicht und uns vielleicht hilft,
das wirkliche Leben zu deuten und zu lieben.«
Federico Fellini

DIE GROSSEN ROMANE
Band 81

Georges Simenon
Der Uhrmacher von Everton

Aus dem Französischen von Ursula Vogel
Mit einem Nachwort von Philipp Haibach

Der Uhrmacher Dave Galloway lebt mit seinem Sohn
Ben in Everton, einer Kleinstadt im Nordosten der USA.
Dave ist »wie manche Patienten, die so große Angst vor
dem Ausbruch der Krise haben, dass sie gleichsam auf
Sparflamme leben«. Doch hatte er eine andere Wahl, nachdem seine Frau plötzlich aus seinem Leben verschwand?
Eines Tages ist auch sein Sohn verschwunden. Ben und
seine Freundin Lillian werden einer schrecklichen Tat ver-
dächtigt und von der Polizei quer durch Amerika gejagt.
Dave Galloway muss sich den Dämonen der Vergangenheit stellen.

»Die Romane ohne Maigret zeigen Simenon
auf dem Gipfel seiner Kunst. Mehr noch:
Einige von ihnen zählen zu den besten Romanen,
die im 20. Jahrhundert geschrieben wurden.«
The New Yorker

DIE GROSSEN ROMANE
Band 19

Georges Simenon
Das Testament Donadieu

Aus dem Französischen von Eugen Helmlé
Mit einem Nachwort von Pia Reinacher

Als Oscar Donadieu, erfolgreicher Reeder und Oberhaupt einer einflussreichen Großfamilie aus La Rochelle, als vermisst gemeldet wird, ist die Aufregung in der Hafenstadt groß. Wenig später wird der Zweiundsiebzigjährige tot in einem Kanal aufgefunden. Unwahrscheinlich, dass es sich um einen Unfall oder gar Selbstmord handelt. Er muss ermordet worden sein. Doch dass, wie es heißt, gerade sein alter Freund Frédéric Dargens der Täter sein soll, glaubt in der Stadt keiner. Und dann ist da noch das Testament des Reeders, das für einen handfesten Skandal sorgt – und das auf einmal alles bröckeln lässt, was sich die stolze Familie über Generationen erarbeitet hat ...

»Wie hier in einem dreiteiligen Tableau
der Niedergang der Reederfamilie Donadieu
entworfen wird, ist so zwingend
wie meisterlich.«
FAZ

D1720087